全新
修訂版

日本人的

副詞輕鬆學

我的日語超厲害！

附
QR Code
線上音檔

●作者・插畫／
山本 峰規子

笛藤出版

前言

會說日語不夠，會說漂亮的日語才厲害！
活用日本語副詞，連日本人都覺得你的日語好溜！

日語學習者在與日本人對話時，往往都有種無法完美表達自己意思的無力感。其實只要懂得如何在句子中穿插運用副詞，意思上的些微差距，也可以活靈活現的表達出來喔！

日語副詞的使用範圍廣泛、細膩，很多時候即使想使用也不得要領，用錯場合、使用錯誤等等問題不勝枚舉。本書透過插畫方式將日語副詞所呈現的細膩語感淋漓盡致地表達，本書分為兩個章節：**情感表達篇**和**說明事實與關係篇**，詳細解說150個副詞的使用方式，各篇章均有使用場合、與「注意」小專欄提醒讀者使用上需要注意的地方。另外將意思相近、易混淆的副詞加以整理比較，以「貓頭鷹小教室」的方式呈現。副詞輕鬆學，日語好上手，學會正確使用副詞一口氣就能拉近你和日本人的距離，連日本人都會對你流利的日語豎起大拇指喔！

本書特色

- **全彩活潑漫畫**－ 一目瞭然，圖像式記憶輕鬆學習無負擔。
- **貼心告知使用場合**－ 正式場合 日常用語 大大降低誤用副詞的機率。
- **例句標注羅馬拼音**－ 有了羅馬拼音初學者也可輕鬆學會例句的唸法喔！
- **貓頭鷹小教室**－ 幫你做有系統的整理，連細微的小差異都一網打盡！

副詞小教室

副詞的特點：

1. 屬於獨立語，用來修飾句中的用言（動詞、形容詞、形容動詞）也可修飾副詞。
2. 說明動作的情況、事物的狀態與程度。
3. 副詞不能當主語。

副詞的分類：

關於副詞的分類，日本的語言學家之間是有各種不同見解的。一般是根據副詞所表示的意思將副詞分作以下三種類型：

副詞	（一）情態副詞：修飾動詞。
	（二）程度副詞：修飾形容詞、形容動詞。
	（三）陳述副詞：明確敘述性質。

副詞的功能是用來**說明動作的情況、事物的狀態、程度**，或是更加**精確地陳述事實**等等。

在此將三大類副詞的功能與接續用法簡單做個介紹，並將常用的副詞歸類，幫助讀者釐清三大類副詞的概念。

(一)情態副詞（狀態副詞）

說明動詞所表示的動作、情況或狀態。這類的副詞可描述各種聲音、樣態，也可從時間上來限制、描述動詞的動作與狀態，說明事物所處的時間。

情態副詞這樣用：
情態副詞＋動詞

もっとゆっくり歩（ある）いて。
再走慢一點。

常用的情態副詞

- 說明動作行為或聲音的狀態

慢慢地：ゆっくり

偷偷地：そっと

清楚地：はっきり

笑嘻嘻地：にこにこ

汪汪！：わんわん

（擬聲擬態語即屬於此類。詳見笛藤出版－日本人的哈啦妙招！擬聲擬態語一書。）

- 表現動作的時態

首先：まず

現在：いま

已經：すでに

最近：近頃（ちかごろ）

早就：とっくに

- 說明動作的數量、頻率

很多：たくさん

不停地：ひっきりなしに

全部：みな

- 表示動作的變化

突然：突然（とつぜん）

漸漸：だんだん

- 說明動作行為的趨勢

這樣：こう

那樣：そう

像…一樣：ふうに

(二)程度副詞

多用來修飾形容詞、形容動詞、存在狀態的詞，表示這些詞所具有的狀態與程度。

程度副詞這樣用：

程度副詞＋用言、其他副詞、名詞

今日(きょう)はわりあい暖(あたた)かい。

今天比較溫暖。

わりとすんなりコンサートのチケットが取(と)れた。

意外地順利買到演唱會的票了。

常用的程度副詞

- 表示程度高低

很：とても

比較起來：わりあいに

有一點：すこし

多少：多少(たしょう)

- 程度上的比較

更：もっと

更：一層(いっそう)

以…為優先：第一(だいいち)に

- 數量概念

大致上：だいたい

全部：すべて

全部：全部(ぜんぶ)

全部：すっかり

- 表示特別的程度

特別是：とくに

意外地：意外(いがい)に

(三)陳述副詞(呼應副詞、敘述副詞)

可修飾述語(用言、子句),這類的副詞可以引導敘述內容,使其更加精確地表達說話者的意思。

陳述副詞這樣用:

陳述副詞+述語(用言、子句)

これ以上(いじょう)の値引(ねび)きはどうかご勘弁(かんべん)ください。

請饒了我不要再殺價了。

常用的陳述副詞

- 積極、肯定
  - 一定:かならず
  - 務必:ぜひ
  - 誠摯地:まことに
- 消極、否定
  - 絕(不):けっして
  - 沒好好地:ろくに
  - 很少:めったに
- 疑問、感動
  - 為何:なぜ
  - 何時:いつ
- 比喻、舉例、比較
  - 很像:まるで
  - 正好、正像:ちょうど
- 表示願望、請求
  - 請務必:ぜひ
  - 無論如何請:どうか請
  - 請:どうぞ
- 推測
  - 恐怕:おそらく
  - 大概:たぶん
  - 不會:まさか
- 假定
  - 如果:もし
  - 假如:かりに
  - 例如:たとえ
- 確定
  - 原來如此:なるほど
  - 專程:わざわざ
  - 不愧是:さすが

副詞在日語會話中的使用場合多到數不完，應用得宜可以瞬間拉近與日本人之間的距離，不管是日本留學生或是世界各地的日語學習者，舉凡能與日本人交談的各個場合都可以將日語副詞加以應用在會話中，使你說得一口生動活潑的日語！

本書所介紹的副詞涵蓋這三大類，依會話時的情境編排，將表面上艱澀難懂的副詞，以最簡單、最生活化的方式傳達給讀者。平時經常翻閱本書，不只使你的日語對話能力提昇，對日文檢定也大有幫助喔！

笛藤編輯部

◆中日發音MP3

請掃描左方QR code或輸入網址收聽：

https://bit.ly/JPwords

*請注意英文字母大小寫區分

◆日語發聲 | 尾身佳永、平松晉之介

◆中文發聲 | 賴巧凌

目次

情感表達篇

◎ 委託・希望

◎ 感謝・道歉・拒絕

◎ 藉口、理由

◎ 表達不滿、不平

◎ 評價

◎ 附和

◎ 很客氣的說話、謙虛

說明事實與關係篇

◎ 較遠的過去

◎ 較近的過去

◎ 現在

◎ 比較近的未來

◎ 比較遠的未來

◎ 現狀

◎ 變化的程度

◎ 突發事件

◎ 非常快速的行動、短時間

◎ 長時間、期間

◎ 頻率

◎ 重複

◎ 持續

第一章

情感表達篇

本篇章將一一爲您介紹與日本人應對時的情況，舉凡請求、感謝對方、道歉、對事物給予評價…等等。讓您在日常生活中與日本人的溝通對話零死角！連日本人都說你的日語好溜！

P018~P129

ぜひ

ze.hi

MP3 001

（請）一定要、務必、無論如何…

正式場合 日常用語

1

ぜひ遊(あそ)びにいらしてください。

ze.hi.a.so.bi.ni.i.ra.shi.te.ku.da.sa.i。

請務必來坐坐。

2

引(ひ)っ越(こ)しました。お近(ちか)くにお越(こ)しの際(さい)はぜひお立(た)ち寄(よ)りください

hi.k.ko.shi.ma.shi.ta。o.chi.ka.ku.ni.o.ko.shi.no.sa.i.wa.ze.hi.o.ta.chi.yo.ri.ku.da.sa.i。

我搬家了。有經過的話，

請一定要進來坐坐。

3

今度(こんど)ぜひうちに遊(あそ)びに来(き)てよ。

ko.n.do.ze.hi.u.chi.ni.a.so.bi.ni.ki.te.yo。

下次一定要來我家來玩喔！

4

ぜひ私(わたし)にやらせてください。

ze.hi.wa.ta.shi.ni.ya.ra.se.te.ku.da.sa.i。

請務必讓我擔任。

來對話吧！

蔡(さい)さんは着物(きもの)がよく似合(にあ)いますね。

sa.i.sa.n.wa.ki.mo.no.ga.yo.ku.ni.a.i.ma.su.ne。

蔡小姐好適合穿和服呢！

本当(ほんとう)ですか？うれし～い。ぜひ一度(いちど)着(き)てみたかったんです！

ho.n.to.o.de.su.ka?u.re.shi.i.。ze.hi.i.chi.do.ki.te.mi.ta.ka.t.ta.n.de.su!

真的嗎？好開心。我無論如何都想穿一次看看！

どうか

do.o.ka.

類 「どうぞ」：請　MP3 002

請；想點辦法

正式場合　日常用語

1

これ以上(いじょう)の値引(ねび)きは
どうかご勘弁(かんべん)ください。

ko.re.i.jo.o.no.ne.bi.ki.wa.
do.o.ka.go.ka.n.be.n.ku.da.sa.i。

請饒了我不要再殺價了。

2

日本(にほん)に帰(かえ)っても、どうか私(わたし)たちのことを忘(わす)れないでね。

ni.ho.n.ni.ka.e.t.te.mo、do.o.ka.wa.ta.shi.ta.chi.no.ko.to.o.wa.su.re.na.i.de.ne！

就算回去日本，也請不要忘了我們喔！

3

どうか今年一年みんながしあわせに過ごせますように。

do.o.ka.ko.to.shi.i.chi.ne.n.mi.n.na.ga.shi.a.wa.se.ni.su.go.se.ma.su.yo.o.ni。

請讓大家今年能幸福圓滿地度過。

4

どうか願い事が叶いますように。

do.o.ka.ne.ga.i.go.to.ga.ka.na.e.ma.su.yo.o.ni。

請讓我的心願實現吧！

5

どうかこれからもよろしくお願いいたします。

do.o.ka.ko.re.ka.ra.mo.yo.ro.shi.ku.o.ne.ga.i.i.ta.shi.ma.su。

往後請多多指教。

なにとぞ

na.ni.to.zo.

003

請、希望一定要…

正式場合

1

今後(こんご)ともなにとぞ
よろしくお願(ねが)いいたします。

ko.n.go.to.mo.na.ni.to.zo.
yo.ro.shi.ku.o.ne.ga.i.i.ta.shi.ma.su。

今後也請您多多指教。

2

なにとぞ清(きよ)き一票(いっぴょう)をお願(ねが)いいたします！

na.ni.to.zo.ki.yo.ki.i.p.pyo.o.o.o.ne.ga.i.i.ta.shi.ma.su！

請投下您神聖的一票！

3

謹賀新年(きんがしんねん)本年(ほんねん)もなにとぞよろしくお願(ねが)い申(もう)し上げます。

ki.n.ga.shi.n.ne.n.ho.n.ne.n.mo.na.ni.to.zo.
yo.ro.shi.ku.o.ne.ga.i.mo.o.shi.a.ge.ma.su。

新年快樂，今年也請您多多指教。

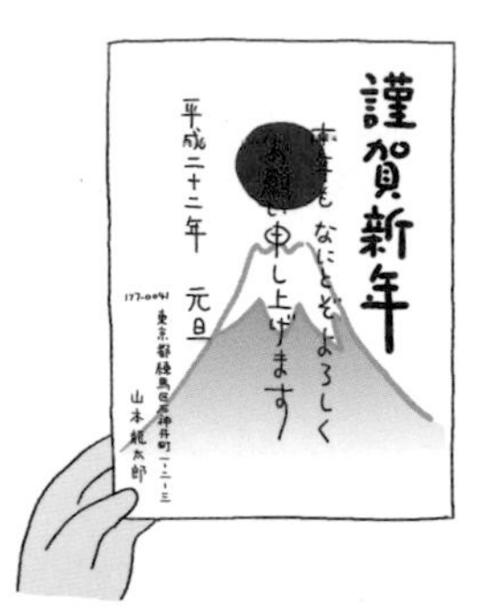

4

奥様(おくさま)になにとぞよろしくお伝(つた)えください。

o.ku.sa.ma.ni.na.ni.to.zo.yo.ro.shi.ku.o.
tsu.ta.e.ku.da.sa.i。

請替我問候您夫人　。

5

留守中(るすちゅう)子(こ)どもたちのことをなにとぞよろしくお願(ねが)いします。

ru.su.chu.u.ko.do.mo.ta.chi.no.ko.to.o.na.
ni.to.zo.yo.ro.shi.ku.o.ne.ga.i.shi.ma.su。

我們不在家時小孩就請您多費心了。

くれぐれも

ku.re.gu.re.mo.

懇切地、衷心地

1

くれぐれも体には気を付けてね。

ku.re.gu.re.mo.ka.ra.da.ni.wa.ki.o.tsu.ke.te.ne。

請您多多注意身體喔！

2

ご家族の皆様に私から
くれぐれもよろしくとお伝えください。

go.ka.zo.ku.no.mi.na.sa.ma.ni.wa.ta.shi.ka.ra.ku.re.
gu.re.mo.yo.ro.shi.ku.to.o.tsu.ta.e.ku.da.sa.i。

請您代我向您的家人表達我由衷的問候。

3

くれぐれもお大事(だいじ)にしてください。

ku.re.gu.re.mo.o.da.i.ji.ni.shi.te.ku.da.sa.i。

請您多多保重。

4

妹(いもうと)のこと、くれぐれもよろしく頼(たの)むよ。

i.mo.o.to.no.ko.to、ku.re.gu.re.mo.yo.ro.shi.ku.ta.no.mu.yo！

我妹妹就由衷地託付給你了喔！

注意！

強調請對方特別注意的心情。「どうか」、「なにとぞ」、「くれぐれも」的使用分別：

- 「どうかよろしくお願(ねが)いします。」要求的語氣較少，有暗示交給對方決定的意味。
- 「なにとぞよろしくお願(ねが)いします。」是稍硬的文章用語，用在制式的發言非常鄭重。
- 「くれぐれもよろしくお願(ねが)いします。」有請對方務必放在心上的暗示。

折(お)り入(い)って

o.ri.i.t.te.

懇切、誠懇

正式場合

折(お)り入(い)ってご相談(そうだん)したいことがあるんですが。

o.ri.i.t.te.go.so.o.da.n.shi.ta.i.ko.to.ga.a.ru.n.de.su.ga。

我很誠懇地想跟您商量一件事。

折(お)り入(い)ってお話(はな)ししたいことがあるんですが。

o.ri.i.t.te.o.ha.na.shi.shi.ta.i.ko.to.ga.a.ru.n.de.su.ga。

我誠心誠意地有話想跟妳說。

今日(きょう)は折(お)り入(い)ってご相談(そうだん)したいことがあって伺(うかが)いました。

kyo.o.wa.o.ri.i.t.te.go.so.o.da.n.shi.ta.i.ko.to.ga.a.t.te.u.ka.ga.i.ma.shi.ta。

今天有事誠心誠意地想向您請教。

4 息子のことで折り入って先生に相談したいことがあるんですが、お時間いただけませんでしょうか。

mu.su.ko.no.ko.to.de.o.ri.i.t.te.se.n.se.i.ni.so.o.da.n.shi.ta.i.ko.to.ga.a.ru.n.de.su.ga、o.ji.ka.n.i.ta.da.ke.ma.se.n.de.sho.o.ka。

誠心誠意地想和老師談談我兒子的事，

請問可以佔用一點時間嗎？

來對話吧！

入江さん、折り入ってご相談したいことがあるんですが。

i.ri.e.sa.n、o.ri.i.t.te.go.so.o.da.n.shi.ta.i.ko.to.ga.a.ru.n.de.su.ga。

入江小姐我有件事誠心誠意地想跟妳討論。

どうしたんですか？ 急にあらたまって。

do.o.shi.ta.n.de.su.ka？ kyu.u.ni.a.ra.ta.ma.t.te。

怎麼了？突然這麼嚴肅。

注意！

「折り入って」是有什麼重要、認真的事情想商量、坦白時的用語。

できれば

de.ki.re.ba.

可以的話、盡量…

1

できれば窓際(まどぎわ)の席(せき)がいいんですが。

de.ki.re.ba.ma.do.gi.wa.no.se.ki.ga.i.i.n.de.su.ga。

我希望盡量是靠窗的位子。

2

できればこの仕事(しごと)を今日中(きょうじゅう)に片付(かたづ)けたい。

de.ki.re.ba.ko.no.shi.go.to.o.kyo.o.ju.u.ni.ka.ta.zu.ke.ta.i。

我希望這個工作盡量在今天內完成。

3

できればずっとここでこうしていたいね。

de.ki.re.ba.zu.t.to.ko.ko.de.ko.o.shi.te.i.ta.i.ne。

可以的話想這樣一直待在這邊。

4

できれば一緒に行きたいんだけど、その日はちょうど予定が入っていてね。

de.ki.re.ba.i.s.sho.ni.i.ki.ta.i.n.da.ke.do、so.no.hi.wa.cho.o.do.yo.te.i.ga.ha.i.t.te.i.te.ne。

可以的話，我希望能一起去，

但那天剛好有事了。

來對話吧！

寒いから、できれば出たくないなあ。でもトイレの我慢もそろそろ限界…

sa.mu.i.ka.ra、de.ki.re.ba.de.ta.ku.na.i.na.a。de.mi.to.i.re.no.ga.ma.n.mo.so.ro.so.ro.ge.n.ka.i…

因為很冷所以我盡量不想出去。但是忍住不上廁所已經差不多快到極限了…

なるべく

na.ru.be.ku.

MP3 007

盡量…

正式場合 日常用語

1

あの人(ひと)とはなるべく顔(かお)を合(あ)わせたくないんです。

a.no.hi.to.to.wa.na.ru.be.ku.ka.o.o.a.wa.se.ta.ku.na.i.n.de.su。

我想盡可能不要和那個人見面。

2

なるべく日(ひ)に焼(や)けたくない。

na.ru.be.ku.hi.ni.ya.ke.ta.ku.na.i。

我盡可能不讓自己被曬黑。

3

自分(じぶん)のことはなるべく自分(じぶん)でやった方(ほう)がいいよ。

ji.bu.n.no.ko.to.wa.na.ru.be.ku.ji.bu.n.de.ya.t.ta.ho.o.ga.i.i.yo！

自己的事情盡量自己做比較好喔！

4

赤ちゃんが隣で寝ているから、なるべく静かにしてね。

a.ka.cha.n.ga.to.na.ri.de.ne.te.i.ru.ka.ra、na.ru.be.ku.shi.zu.ka.ni.shi.te.ne。

小寶寶在隔壁睡覺，你們盡量安靜一點喔！

なるべく是一種溫和地請求對方的說法。

do.o.shi.te.mo.

008

無論如何請…、一定要…

正式場合 日常用語

1

どうしてもあなたにも参加(さんか)してほしいんです！

do.o.shi.te.mo.a.na.ta.ni.mo.sa.n.ka.shi.te.ho.shi.i.n.de.su！

希望妳無論如何都要參加！

2

ちょっと高(たか)かったけど、
どうしても欲(ほ)しかったから無理(むり)して買(か)ったんだ。

cho.t.to.ta.ka.ka.t.ta.ke.do、do.o.shi.te.mo.ho.shi.ka.t.ta.ka.ra.mu.ri.shi.te.ka.t.ta.n.da。

有點貴，但無論如何就是很想要，
所以還是買了。

3

どうしても今日(きょう)じゃなくちゃだめ？

do.o.shi.te.mo.kyo.o.ja.na.ku.cha.da.me?

無論如何非得今天嗎？

4

どうしても１2時(じゅうにじ)までには東京(とうきょう)に戻(もど)りたい。

do.o.shi.te.mo.ju.u.ni.ji.ma.de.ni.wa.
to.o.kyo.o.ni.mo.do.ri.ta.i。

我無論如何都想在12點前回到東京。

5

東京(とうきょう)に行(い)ったらどうしてもこのブティックだけは外(はず)せない！

to.o.kyo.o.ni.i.t.ta.ra.do.o.shi.te.mo.ko.no.
bu.te.i.k.ku.da.ke.wa.ha.zu.se.na.i！

去東京一定要去這家精品店！

なんとか

na.n.to.ka.

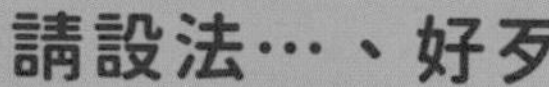

請設法…、好歹

1

無理（むり）は先刻承知（せんこくしょうち）ですが、そこをなんとかお願（ねが）いします。

mu.ri.wa.se.n.ko.ku.sho.o.chi.de.su.ga、so.ko.o.na.n.to.ka.o.ne.ga.i.shi.ma.su。

我了解有其勉強之處，但就請您設法幫幫忙了。

2

なんとかあと1日（いちにち）待（ま）ってもらえませんか？

na.n.to.ka.a.to.i.chi.ni.chi.ma.t.te.mo.ra.e.ma.se.n.ka?

可以請您設法再多寬限一天嗎？

3

もうおかあさんにすがるしかないんだ。
なんとか5万円(ごまんえん)貸(か)してよ！

mo.o.o.ka.a.sa.n.ni.su.ga.ru.shi.ka.na.i.n.da。
na.n.to.ka.go.ma.n.e.n.ka.shi.te.yo！

只能依靠媽媽了。

好歹借我個5萬日圓吧！

4

なんとか頼(たの)むよ！この通(とお)りお願(ねが)い！
na.n.to.ka.ta.no.mu.yo！ko.no.to.o.ri.o.ne.ga.i！
請設法幫幫忙吧！拜託妳了！

注意！

なんとか有好不容易才…、勉勉強強地…的意思。意思相近的字還有**「どうにか」**、**「やっと」**。

「なんとか（どうにか）（やっと）両親(りょうしん)を説得(せっとく)した。」＝「長(なが)い時間(じかん)掛(か)けて両親(りょうしん)を説得(せっとく)した。」（想盡辦法終於說服雙親了。）
na.n.to.ka(do.o.ni.ka.)(ya.t.to.)ryo.o.shi.n.o.se.t.to.ku.shi.ta。＝na.ga.i.ji.ka.n.ka.ke.te.ryo.o.shi.n.o.se.t.to.ku. shi.ta。

せめて

se.me.te.

MP3 010

至少、起碼…

正式場合 日常用語

1

せめて命(いのち)だけはお助(たす)けください。

se.me.te.i.no.chi.da.ke.wa.o.ta.su.ke.ku.da.sa.i。

請至少留我一條命。

2

せめて掃除(そうじ)くらいの家事(かじ)は手伝(てつだ)って。

se.me.te.so.o.ji.ku.ra.i.no.ka.ji.wa.te.tsu.da.t.te。

起碼幫我做做打掃之類的家事。

3

おばさんもせめてあと10歳若かったら、あなたと結婚したいわ～。

o.ba.sa.n.mo.se.me.te.a.to.ju.s.sa.i.wa.ka.ka.t.ta.ra、a.na.ta.to.ke.k.ko.n.shi.ta.i.wa~。

讓阿姨起碼年輕個10歲的話，會想和你結婚呢！

4

せめて一目だけでも彼の姿を見たい。

se.me.te.hi.to.me.da.ke.de.mo.ka.re.no. su.ga.ta.o.mi.ta.i。

就算只有一眼也好，真想看看他的風采。

5

せめてあと5センチ背が高かったらなあ。

se.me.te.a.to.go.se.n.chi.se.ga.ta.ka.ka.t.ta.ra.na.a。

起碼再長高個5公分也好嘛。

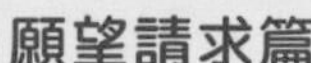

願望請求篇

- どうしても：無論如何
- ぜひ：一定
- できれば：可以的話
- せめて：至少

在我們請求別人達成自己願望的時候，會因為對這件事物喜好的程度，而選擇不同的用詞，用下面這位考慮買車的先生為例，依照想買車子的心情由強至弱排列，來學習請求對方的說法吧！

① どうしても

do.o.shi.te.mo

無論如何

どんなに高(たか)くても、どうしてもこの車(くるま)がほしい！

do.n.na.ni.ta.ka.ku.te.mo、do.o.shi.te.mo.ko.no.ku.ru.ma.ga.ho.shi.i！

不管多貴，我無論如何就是想要這台車！

② ぜひ

ze.hi

一定

予算(よさん)もぴったりだし、ぜひこっちの車(くるま)にしてほしい。

yo.sa.n.mo.pi.t.ta.ri.da.shi、ze.hi.ko.c.chi.no.ku.ru.ma.ni.shi.te.ho.shi.i。

剛好合乎預算，我希望你一定要選這台車。

100 90 80 70

非常希望　まったく　無論如何　ぜひ　一定

③ できれば

de.ki.re.ba

可以的話

ちょっと予算(よさん)オーバーだけど、

できればこれがほしい。

cho.t.to.yo.sa.n.o.o.ba.a.da.ke.do、
de.ki.re.ba.ko.re.ga.ho.shi.i。

雖然稍微超出預算，但可以的話我想要這台。

④ せめて

se.me.te

至少

家族4人(かぞくよにん)なら、

せめてこれくらいの車(くるま)じゃないと。

ka.zo.ku.yo.ni.n.na.ra、
se.me.te.ko.re.ku.ra.i. no.ku.ru.ma.ja.na.i.to。

一家四口的話，至少要這樣的車。

予算内(よさんない)の車(くるま)じゃないとだめよ！

yo.sa.n.na.i.no.ku.ru.ma.ja.na.i.to.da.me.
yo！

必須是在預算內的喔！

いろいろ

i.ro.i.ro.

許多…

1

滞在中(たいざいちゅう)いろいろお世話(せわ)になりました。

ta.i.za.i.chu.u.i.ro.i.ro.o.se.wa.ni.na.ri.ma.shi.ta。

停留此地期間承蒙您諸多關照了。

2

お父(とう)さんとお母(かあ)さんにはこれまでいろいろ心配(しんぱい)ばかり掛(か)けてきた。

o.to.o.sa.n.to.o.ka.a.sa.n.ni.wa.ko.re.ma.de.
i.ro.i.ro.shi.n.pa.i.ba.ka.ri.ka.ke.te.ki.ta。

一直以來讓爸爸媽媽為我操了很多心。

3

弟(おとうと)がいろいろとご面倒(めんどう)をお掛(か)けして、申(もう)し訳(わけ)ありませんでした。

o.to.o.to.ga.i.ro.i.ro.to.go.me.n.do.o.o.o.ka.ke.shi.te、mo.o.shi.wa.ke.a.ri.ma.se.n.de.shi.ta。

我弟弟給妳添了許多麻煩，
真的十分抱歉。

4

鈴木（すずき）さんにはいろいろ迷惑（めいわく）ばかりかけてしまった。

su.zu.ki.sa.n.ni.wa.i.ro.i.ro.me.i.wa.ku.ba.ka.ri.ka.ke.te.shi.ma.t.ta。

給鈴木小姐添了很多麻煩。

來對話吧！

いろいろ面倒（めんどう）ばかりかけて、ごめんね。

i.ro.i.ro.me.n.do.o.ba.ka.ri.ka.ke.te、go.me.n.ne。

給您添了許多麻煩，真是不好意思！

いいよ、気（き）にしないで。お互（たが）い様（さま）じゃない。

i.i.yo、ki.ni.shi.na.i.de。o.ta.ga.i.sa.ma.ja.na.i。

沒關係的，別在意。互相嘛！

なにかと

na.ni.ka.to.

012

種種、事事…

正式場合

日常用語

1

台湾に赴任中はあちらの人たちになにかと助けてもらった。

ta.i.wa.n.ni.fu.ni.n.chu.u.wa.a.chi.ra.no.hi.to.
ta.chi.ni.na.ni.ka.to.ta.su.ke.te.mo.ra.t.ta。

在台灣任職期間，
受到當地人的種種幫助。

2

なにかとお気遣いいただいて、感謝しています。

na.ni.ka.to.o.ki.zu.ka.i.i.ta.da.i.te、
ka.n.sha.shi.te.i.ma.su。

感謝妳的種種關照。

3

彼女はなにかとよく気がきく人だ。

ka.no.jo.wa.na.ni.ka.to.yo.ku.ki.ga.ki. ku.hi.to.da。
她是個事事細心的人。

4

おばさんには昔からなにかと世話を焼いてもらっている。
o.ba.sa.n.ni.wa.mu.ka.shi.ka.ra.na.ni.ka.to.se.wa.o.ya.i.te.mo.ra.t.te.i.ru。
從以前到現在就一直受到阿姨的種種關照。

注意!

將「いろいろ」「なにかと」用在感謝、道歉以外的情形時：

- **いろいろ問題のある人。**
  i.ro.i.ro.mo.n.da.i.no.a.ru.hi.to。
  有許多問題的人。
- **一晩寝ないでいろいろと考えてみた。**
  hi.to.ba.n.ne.na.i.de.i.ro.i.ro.ka.n.ga.e.te.mi.ta。
  一個晚上沒睡，試著思考了許多事。
- **父は神経質で、なにかと細かいところにうるさい。**
  chi.chi.wa.shi.n.ke.i.shi.tus.de、na.ni.ka.to.ko.ma.ka.i.to.ko.ro.ni.u.ru.sa.i。
  爸爸是神經質，事事都很斤斤計較。
- **その会社にはなにかとよくない噂があります。**
  so.no.ka.i.sha.ni.wa.na.ni.ka.to.yo.ku.na.i.u.wa.sa.ga.a.ri.ma.su。
  那間公司有種種負面傳聞。

せっかく

se.k.ka.ku.

難得；難得…但（卻）

1

わざわざおみやげまでありがとうございます。
せっかくですから今(いま)からみんなでいただきましょう！

wa.za.wa.za.o.mi.ya.ge.ma.de.a.ri.ga.to.o.go.za.i.ma.su。
se.k.ka.ku.de.su.ka.ra.i.ma.ka.ra.mi.n.na.de.i.ta.da.ki.ma.sho.o！

謝謝您特地帶土產來。
難得有這個機會，
那麼大家就一起享用吧！

2

せっかくのお誘(さそ)いですが、あいにくその日(ひ)は
別(べつ)の用事(ようじ)が入(はい)っていまして。

se.k.ka.ku.no.o.sa.so.i.de.su.ga、a.i.ni.ku.so.no.hi.wa.
be.tsu.no.yo.o.ji.ga.ha.i.t.te.i. ma.shi.te。

難得的邀約，
但不湊巧那天我有別的事。

3

せっかく近(ちか)くまで来(き)たんだから、
うちに寄(よ)っていってよ。

se.k.ka.ku.chi.ka.ku.ma.de.ki.ta.n.da.ka.ra、
u.chi.ni.yo.t.te.i.t.te.yo！

難得來這裡，就到我家坐坐吧！

4

昨日(きのう)はせっかく飲(の)み会(かい)に誘(さそ)って
くれたのに、行(い)けなくてごめんね。

ki.no.o.wa.se.k.ka.ku.no.mi.ka.i.ni.sa.so.t.
te.ku.re.ta.no.ni、i.ke.na.ku.te.go.me.n.ne。

昨天難得妳邀請我去參加喝酒聚會，
但是我卻無法去真是抱歉。

5

せっかくなんだけど、もうそろそろ
帰(かえ)らないといけないんだ。

se.k.ka.ku.na.n.da.ke.do、mo.o.so.ro.so.ro.
ka.e.ra.na.i.to.i.ke.na.i.n.da。

雖然非常難得來此，但我差不多該回去了。

wa.za.wa.za.

特地…

正式場合 日常用語

1

わざわざ遠（とお）くから来（き）てくれてありがとう。

wa.za.wa.za.to.o.ku.ka.ra.ki.te.ku.re.te.a.ri.ga.to.o。

謝謝您特地大老遠跑來。

2

みなさん、今日（きょう）はわざわざ私（わたし）のためにお集（あつ）まりいただいて、ありがとうございます。

mi.na.sa.n、kyo.o.wa.wa.za.wa.za.wa.ta.shi.no.ta.me.ni.o.a.tsu.ma.ri.i.ta.da.i.te、a.ri.ga.to.o.go.za.i.ma.su。

大家今天特地為我而來，十分感謝。

3

わざわざこんな雨（あめ）の日（ひ）に来（き）てもらって、お手数（てすう）をお掛（か）けしました。

wa.za.wa.za.ko.n.na.a.me.no.hi.ni.ki.te.mo.ra.t.te、o.te.su.u.o.o.ka.ke.shi.ma.shi.ta。

下雨天還專程前來，真是麻煩您了。

4

風邪で学校を休んでいる私のために、友だちがわざわざノートを届けてくれた。

ka.ze.de.ga.k.ko.o.o.ya.su.n.de.i.ru.wa.ta.shi.no.ta.me.ni、to.mo.da.chi.ga.wa.za.wa.za.no.o.to.o.to.do.ke.te. ku.re.ta。

朋友為了感冒而沒去學校的我專程將筆記送來。

來對話吧！

あやちゃん、これよかったら使って。

a.ya.cha.n、ko.re.yo.ka.t.ta.ra.tsu.ka.t.te。

AYA，不嫌棄的話這個拿去用吧！

わざわざ作ってくれたの？ うれしい！

wa.za.wa.za.tsu.ku.t.te.ku.re.ta.no？ u.re.si.i！

妳是特地為我做的嗎？我好高興！

まこと 誠に

ma.ko.to.ni.

實在是、的確是…

正式場合

1

この度(たび)は誠(まこと)に
ありがとうございました。

ko.no.ta.bi.wa.ma.ko.to.ni.a.ri.ga.to.o.go.za.i.ma.shi.ta。

這次實在非常感謝您。

2

(結婚式(けっこんしき)のスピーチ)

(ke.k.ko.n.shi.ki.no.su.pi.i.chi)

(結婚典禮的演說)

光彦(みつひこ)さん、奈々(なな)さん、
ご結婚誠(けっこんまこと)におめでとうございます!

mi.tsu.hi.ko.sa.n、na.na.sa.n、go.ke.k.ko.n.ma.ko.to.ni.o.me.de.to.o.go.za.i.ma.su!

光彦先生、奈奈小姐,
誠心的恭喜兩位結婚!

3

ご迷惑をお掛けして、誠に申し訳ありません。

go.me.i.wa.ku.o.o.ka.ke.shi.te、ma.ko.to.ni.mo.o.shi.wa.ke.a.ri.ma.se.n。

給您帶來困擾，真的十分抱歉。

4

誠に恐れ入りますが、もうしばらくお待ちください。

ma.ko.to.ni.o.so.re.i.ri.ma.su.ga、mo.o.shi.ba.ra.ku.o.ma.chi.ku.da.sa.i。

實在相當抱歉，請再稍等一下。

5

再開発に伴い、誠に勝手ながら当店は8月末で閉店することになりました。

sa.i.ka.i.ha.tsu.ni.to.mo.na.i、ma.ko.to.ni.ka.t.te.na.ga.ra.to.o.te.n.wa.ha.chi.ga.tsu.su.e.de.he.i.te.n.su.ru.ko.to.ni.na.ri.ma.shi.ta。

由於店面要再進行重整，真的非常抱歉本店將在8月底歇業。

どうも

do.o.mo.

眞是、實在是…

正式場合

日常用語

1

お先(さき)に失礼(しつれい)します。

o.sa.ki.ni.shi.tsu.re.i.shi.ma.su。

我先走了。

どうもお疲(つか)れ様(さま)でした。

do.o.mo.o.tsu.ka.re.sa.ma.de.shi.ta。

真是辛苦你了。

2

いろいろ手助(てだす)けしていただいて、
どうもありがとうございました。

i.ro.i.ro.te.da.su.ke.shi.te.i.ta.da.i.te、
do.o.mo.a.ri.ga.to.o.go.za.i.ma.shi.ta。

承蒙您的幫忙，真是謝謝您。

3

昨日(きのう)は急(きゅう)に休(やす)んで、

どうもすみませんでした。

ki.no.o.wa.kyu.u.ni.ya.su.n.de、
do.o.mo.su.mi.ma.se.n.de.shi.ta。

昨天臨時請假，實在非常抱歉。

4

わあ、きれいな花(はな)！どうもありがとう！
wa.a、ki.re.i.na.ha.na！do.o.mo.a.ri.ga.to.o！
哇！好漂亮的花！真是謝謝你！

注意！

將「どうもありがとう」的「ありがとう」省略的形式也常使用於日常會話中。

在電車或公車上被讓座：

- **ご親切(しんせつ)にどうも。**謝謝您的好意。
  go.shi.n.se.tsu.do.o.mo。

對拿菜單過來的店員：

- **どうも。**謝謝。
  do.o.mo。

對最近見過面，送過自己禮物的人：

- **どうも。**前幾天謝謝您了。
  do.o.mo。

あいにく

a.i.ni.ku.

不巧…

1

その日(ひ)はあいにく別(べつ)の用事(ようじ)が入(はい)っています。

so.no.hi.wa.a.i.ni.ku.be.tsu.no.yo.o.ji.ga.ha.i.t.te.i.ma.su。

那天不巧剛好有別的事情。

2

父(ちち)はあいにくただいま外出(がいしゅつ)しています。

chi.chi.wa.a.i.ni.ku.ta.da.i.ma.ga.i.shu.tsu.shi.te.i.ma.su。

不巧爸爸剛剛出門了。

3

昨日(きのう)はせっかく来(き)ていただいたのに、あいにく留守(るす)にしていて申(もう)し訳(わけ)ありませんでした。

ki.no.o.wa.se.k.ka.ku.ki.te.i.ta.da.i.ta.no.ni、a.i.ni.ku.ru.su.ni.shi.te.i.te.mo.o.shi.wa.ke.a.ri.ma.se.n.de.shi.ta。

你昨天難得來，不巧我不在家真的很抱歉。

4

あいにくですが、２２日（にじゅうににち）の席（せき）は売（う）り切（き）れています。

a.i.ni.ku.de.su.ga、ni.ju.u.ni.ni.chi.no.se.ki.wa.u.ri.ki.re.te.i.ma.su。

很不湊巧，22日的位子已經賣完了。

旅先（たびさき）でずっと雨（あめ）だったんですよ。

ta.bi.sa.ki.de.zu.t.to.a.me.da.t.ta.n.de.su.yo。

旅遊當地的雨一直下個不停。

それはあいにくでしたねえ。

so.re.wa.a.i.ni.ku.de.shi.ta.ne.e。

那還真是不巧啊！

せっかくですが

se.k.ka.ku.de.su.ga.

MP3 018

謝謝您的好意…但…；難得…但（卻）、好不容易…卻（但）

正式場合

1

せっかくですが、これは受け取るわけにはいきません。

se.k.ka.ku.de.su.ga、ko.re.wa.u.ke.to.ru.wa.ke.ni.wa.i.ki.ma.se.n。

謝謝您的好意，但這個我不能收。

2

よかったらどうぞ。

yo.ka.t.ta.ra.do.o.zo。

不嫌棄的話請收下。

せっかくですがうちでは誰も
コーヒーを飲まないんです。

se.k.ka.ku.de.su.ga.u.chi.de.wa.da.re.mo.ko.o.hi.i.o.no.ma.na.i.n.de.su。

謝謝您的好意，但我家沒人喝咖啡。

あなたもぜひ来(き)てください！
a.na.ta.mo.ze.hi.ki.te.ku.da.sa.i！
請你務必要來喔！

せっかくですが私(わたし)は遠慮(えんりょ)しておきます。
se.k.ka.ku.de.su.ga.wa.ta.shi.wa.e.n.ryo.shi.te.o.ki.ma.su。
謝謝您的好意，但我還是不去了。

4

クラシックのコンサートに行(い)かない？
ku.ra.shi.k.ku.no.ko.n.sa.a.to.ni.i.ka.na.i?
要不要去聽古典樂的演奏會？

せっかくだけど、クラシックには興味(きょうみ)がないんだ。
se.k.ka.ku.da.ke.do、ku.ra.shi.k.ku.ni.wa.kyo.o.mi.ga.na.i.n.da。
謝謝您的好意，但我對古典音樂沒興趣。

「あいにく」（不湊巧）、**「残念(ざんねん)ながら」**（很可惜）、**「せっかくですが」**（有違您的好意）是表現沒有辦法實現期待或目的時，感到可惜的心情，或溫和地向對方傳達無法符合其期待及目的。若沒有這些字眼，聽起來會覺得有點冷淡、無情。

なにしろ

na.ni.shi.ro.

不管怎樣、總之、反正…

正式場合 日常用語

1

遅(おく)れてすみません。なにしろ道(みち)が混(こ)んでおりまして。

o.ku.re.te.su.mi.ma.se.n。na.ni.shi.ro. mi.chi.ga.ko.n.de.o.ri.ma.shi.te。

抱歉遲到了。總之是因為路上塞車。

2

待(ま)たせてごめん！なにしろ途中(とちゅう)で電車(でんしゃ)が止(と)まってしまって。

ma.ta.se.te.go.me.n！na.ni.shi.ro.to.chu. u.de.de.n.sha.ga.to.ma.t.te.shi.ma.t.te。

抱歉讓妳久等了！總之是因為電車中途停駛。

3

コンビニのレジの仕事(しごと)はなにしろ覚(おぼ)えることがたくさんあって、とても一度(いちど)には覚(おぼ)えきれない。

ko.n.bi.ni.no.re.ji.no.shi.go.to.wa.na.ni.shi. ro.o.bo.e.ru.ko.to.ga.ta.ku.sa.n.a.t.te、to.te. mo.i.chi.do.ni.wa.o.bo.e.ki.re.na.i。

反正便利商店收銀要記的事情真的太多了，無法一下子全記住。

4

出掛ける用事があるのだが、なにしろ暑くて外に出る気がしない。

de.ka.ke.ru.yo.o.ji.ga.a.ru.no.da.ga、na.ni.shi.ro.a:tsu.ku.te.so.to.ni.de.ru.ki.ga.shi.na.i。

雖然有事必須出門，但因為太熱了不管怎樣就是不想出去。

來對話吧！

うわ〜、すごい人だね。

u.wa.a.、su.go.i.hi.to.da.ne。

哇〜好多人。

なにしろ年に一度のお祭りだから。

na.ni.shi.ro.ne.n.ni.i.chi.do.no.o.ma.tsu.ri.da.ka.ra。

再怎麼說這可是一年一度的祭典呢！

na.ni.bu.n.

MP3 020

因爲…

正式場合

1

なにぶんにも耳（みみ）が遠（とお）くて、何度（なんど）も聞（き）き返（かえ）してすみませんね。

na.ni.bu.n.ni.mo.mi.mi.ga.to.o.ku.te、na.n.do.mo.ki.ki.ka.e.shi.te.su.mi.ma.se.n.ne。

因為聽不太清楚，所以問了很多次，真是抱歉。

2

すみません。なにぶんまだ慣（な）れていなくて。

su.mi.ma.se.n。na.ni.bu.n.ma.da.na.re.te.i.na.ku.te。

不好意思。因為還沒習慣。

3

彼のことは大目に見てやってください。
なにぶん昨日入ったばかりの
新人なんです。

ka.re.no.ko.to.wa.o.o.me.ni.mi.te.ya.t.te.
ku.da.sa.i。na.ni.bu.n.ki.no.o.ha.i.t.ta.ba.
ka.ri.no.shi.n.ji.n.na.n.de.su。

請不要對他太嚴苛。

因為他是昨天才進來的新人。

4

なにぶん大好きなバンドの
話だったので、つい熱くなってしまった。

na.ni.bu.n.da.i.su.ki.na.ba.n.do.no.ha.na.shi.da.t.ta.no.de、
tus.i.a.tsu.ku.na.t.te.shi.ma.t.ta。

因為提到我最喜歡的樂團，所以不知不覺地就熱血了起來。

なにぶん跟「どうか」、「なにとぞ」意義相同，經常以以下的形式被使用。

- なにぶんよろしく頼みます。請拜託了。
  na.ni.bu.n.yo.ro.shi.ku.ta.no.mi.ma.su。
- なにぶんにもよろしくお願いします。請多多指教。
  na.ni.bu.n.ni.mo.yo.ro.shi.ku.o.ne.ga.i.shi.ma.su。

つい

tsu.i.

不知不覺地…

正式場合 日常用語

1

美人に頼まれると、つい何でも引き受けてしまう。

bi.ji.n.ni.ta.no.ma.re.ru.to、tsu.i.na.n.de.mo.hi.ki.u.ke.te.shi.ma.u。

若是受美女拜託，往往不知不覺地就答應了。

2

ゲームに夢中になって、つい電車を乗り過ごしてしまった。

ge.e.mu.ni.mu.chu.u.ni.na.t.te、tsu.i.de.n.sha.o.no.ri.su.go.shi.te.shi.ma.t.ta。

沈浸在電玩裡，
不知不覺地電車就過站了。

3

よく似てるからついお兄さんと間違えちゃった。

yo.ku.ni.te.ru.ka.ra.tsu.i.o.ni.i.sa.n.to.ma.chi.ga.e.cha.t.ta。

因為長得很像，不小心就誤以為是哥哥了。

4

もうこんな時間！つい長居をしてしまいました。

mo.o.ko.n.na.ji.ka.n！tsu.i.na.ga.i.o.shi.te.shi.ma.i.ma.shi.ta。

已經這麼晚了！不知不覺地就待了這麼久了。

來對話吧！

毎度どうも～。またお待ちしております。

ma.i.do.do.o.mo~。ma.ta.o.ma.chi.shi.te.o.ri.ma.su。

謝謝您的光臨。歡迎您再度光臨。

あ～、ついついまた服を買ってしまった・・・

a~、tsu.i.tsu.i.ma.ta.fu.ku.o.ka.t.te.shi.ma.t.ta…

啊～一不小心就又買衣服了…

注意！

想強調太不小心或又不小心…了的時候用「ついつい」。

うっかり

u.k.ka.ri.

022

不小心…

1

ごめん、ついうっかり忘(わす)れてた。

go.me.n、tsu.i.u.k.ka.ri.wa.su.re.te.ta。

對不起，我不小心忘了。

2

うっかり約束(やくそく)をすっぽかしてしまって、
彼女(かのじょ)はかんかんに怒(おこ)っている。

u.k.ka.ri.ya.ku.so.ku.o.su.p.po.ka.shi.te.shi.ma.t.te、
ka.no.jo.wa.ka.n.ka.n.ni.o.ko.t.te.i.ru。

不小心將約會給忘了，女朋友氣得火冒三丈。

3

うっかりコーヒーをこぼしてしまった。

u.k.ka.ri.ko.o.hi.i.o.ko.bo.shi.te.shi.ma.t.ta。

一不留神就打翻咖啡了。

4

ついうっかりして、卵(たまご)を買(か)い忘(わす)れた。

tsu.i.u.k.ka.ri.shi.te、ta.ma.go.o.ka.i.wa.su.re.ta。

不小心忘記買蛋了。

5

うっかりバッグをお店(みせ)に置(お)いてきてしまった！

u.k.ka.ri.ba.k.gu.o.o.mi.se.ni.o.i.te.ki.te.shi.ma.t.ta！

不小心把包包放在店裡面就走了！

だって

da.t.te.

因爲…、但是…

1

どうして塾(じゅく)に行(い)かないの！

do.o.shi.te.ju.ku.ni.i.ka.na.i.no！

為什麼不去補習班！

だって行きたくないんだもん。

da.t.te.i.ki.ta.ku.na.i.n.da.mo.n！

就是不想去嘛！

2

どうしてあのイケメンと別(わか)れたの？

do.o.shi.te.a.no.i.ke.me.n.to.wa.ka.re.ta.no？

為什麼和那個帥哥分手了？

だって彼(かれ)ったら、女癖(おんなぐせ)が悪(わる)いのよ！

da.t.te.ka.re.t.ta.ra、o.n.na.gu.se.ga.wa.ru.i.no.yo！

因為他是個男女關係複雜的人。

3

またお酒(さけ)なんか飲(の)んで。

ma.ta.o.sa.ke.na.n.ka.no.n.de。

又喝酒了。

だって仕方(しかた)ないだろう。男(おとこ)にはつき合(あ)いってものがあるんだから。

da.t.te.shi.ka.ta.na.i.da.ro.o。o.to.ko.ni.wa.tsu.ki.a.i.t.te.mo.no.ga.a.ru.n.da.ka.ra。

有什麼辦法嘛！

因為男人總得交際應酬呀！

4

またヨン様(さま)のポスター買(か)ってきたの！？

ma.ta.yo.n.sa.ma.no.po.su.ta.a.ka.t.te.ki.ta.no！？

妳又買裴勇俊的海報了？！

いいじゃない。だって好(す)きなんだもの♡

i.i.ja.na.i。da.t.te.su.ki.na.n.da.mo.no♡

有什麼關係。因為人家很喜歡嘛♡

來對話吧！

あんたは大根足(だいこんあし)だね～。

a.n.ta.wa.da.i.ko.n.a.shi.da.ne~。

妳是蘿蔔腿耶！

だっておかあさんの娘(むすめ)だもん。

da.t.te.o.ka.a.sa.n.no.mu.su.me.da.mo.n。

因為我是老媽的女兒嘛！

まったく

ma.t.ta.ku.

眞是的、受不了

1

また遅刻(ちこく)…
まったくもういい加減(かげん)にしてよね！

ma.ta.chi.ko.ku…ma.t.ta.ku.mo.o.i.i.ka.ge.n.ni.shi.te.yo.ne！

又遲到了…真是的，你不要太過份！

2

これ、お気(き)に入りの服(ふく)なんですよ。
どうしてくれるんですか、
まったく！

ko.re、o.ki.ni.i.ri.no.fu.ku.na.n.de.su.yo。
do.o.shi.te.ku.re.ru.n.de.su.ka、ma.t.ta.ku！

這是我很喜歡的衣服耶！妳到底在搞什麼？！
真是的！

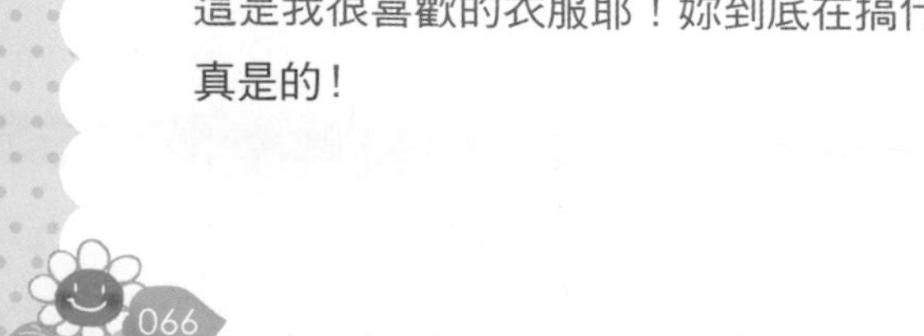

3

妻(つま)の浪費癖(ろうひへき)にはまったく困(こま)ったものです。

tsu.ma.no.ro.o.hi.he.ki.ni.wa.ma.t.ta.ku.ko.ma.t.ta.mo.no.de.su。

我實在受不了老婆浪費的習慣。

4

まったくもう、
どうして言(い)うことをきかないの！

ma.t.ta.ku.mo.o、
do.o.shi.te.i.u.ko.to.ki.ka.na.i.no！

真是的，為什麼不聽話呢！

5

大事(だいじ)な会議(かいぎ)をすっぽかすなんて、
あなたにはまったく呆(あき)れます。

da.i.ji.na.ka.i.gi.o.su.p.po.ka.su.na.n.te、
a. na.ta.ni.wa.ma.t.ta.ku.a.ki.re.ma.su。

那麼重要的會議你竟然忘了！我真的非常震驚！受不了你！

だいたい

da.i.ta.i.

基本上、根本就…、說起來…

1

だいたいこの計画(けいかく)はあなたが言(い)い出(だ)したことじゃないですか。

da.i.ta.i.ko.no.ke.i.ka.ku.wa.a.na.ta.ga.
i.i.da.shi.ta.ko.to.ja.na.i.de.su.ka。

這個計畫根本就不是你提的吧！

2

ぼくは犯人(はんにん)じゃありませんよ。
だいたいその日(ひ)は海外(かいがい)に
いたんですから。

bo.ku.wa.ha.n.ni.n.ja.a.ri.ma.se.n.yo。
da.i.ta.i.so.no.hi.wa.ka.i.ga.i.ni.i.ta.n.de.
su.ka.ra。

我不是犯人！
我那天根本就都在國外。

3

だいたいあんな人に頼んだのがまちがいだった。

da.i.ta.i.a.n.na.hi.to.ni.ta.no.n.da.no.ga.
ma.chi.ga.i.da.t.ta。

說起來拜託那個人就是錯的。

4

だいたい彼ばかりに責任を押しつけるのはおかしいよ！

da.i.ta.i.ka.re.ba.ka.ri.ni.se.ki.ni.n,o.
o.shi.tsu.ke.ru.no.wa.o.ka.shi.i.yo！

根本就不該把責任都歸咎在他身上的！

注意！

だいたい有追根究柢來說、根本的語感。

よりによって

yo.ri.ni.yo.t.te.

偏偏…

1

よりによって結婚式(けっこんしき)の日(ひ)に台風(たいふう)直撃(ちょくげき)だなんて。

yo.ri.ni.yo.t.te.ke.k.ko.n.shi.ki.no.hi.ni.
ta.i.fu.u.cho.ku.ge.ki.da.na.n.te。

結婚典禮當天偏偏遇到颱風來襲。

2

よりによってどうしてあんな奴(やつ)と結婚(けっこん)することにしたの？

yo.ri.ni.yo.t.te.do.o.shi.te.a.n.na.ya.tsu.to.
ke.k.ko.n.su.ru.ko.to.ni.shi.ta.no？

為什麼偏偏決定跟那傢伙結婚呢？

3

よりによって私(わたし)が代表(だいひょう)に選(えら)ばれてしまった。

yo.ri.ni.yo.t.te.wa.ta.shi.ga.da.i.hyo.o.ni.e.ra.
ba.re.te.shi.ma.t.ta。

偏偏是我被選為代表。

4

よりによってうちに隕石(いんせき)が落(お)ちなくてもいいのに…。

yo.ri.ni.yo.t.te.u.chi.ni.i.n.se.ki.ga.o.chi.na.ku.te.mo.i.i.no.ni…。

隕石偏偏就掉在我家…。

來對話吧！

昔(むかし)の中国(ちゅうごく)のトイレは…

mu.ka.shi.no.chu.u.go.ku.no.to.i.re.wa…

以前中國的廁所…

よりによってカレーを食(た)べている時(とき)にそういう話(はなし)はやめて。

yo.ri.ni.yo.t.te.ka.re.e.o.ta.be.te.i.ru.to.ki.ni.so.o.i.u.ha.na.shi.wa.ya.me.te。

不要偏偏在吃咖哩的時候講這個！

注意！

「よりによって」＝「選(えら)びに選(えら)んで」，表示明明有很多其他的選擇，卻偏偏…的心情。

よくも

yo.ku.mo.

竟然…

1

よくも私(わたし)の顔(かお)に泥(どろ)を塗(ぬ)るようなまねをしてくれたな！

yo.ku.mo.wa.ta.shi.no.ka.o.ni.do.ro.o.nu.ru.yo.o.na.ma.ne.o.shi.te.ku.re.ta.na！

你竟然讓我這麼沒面子！

2

この前(まえ)はよくも私(わたし)に恥(はじ)をかかせてくれたね！

ko.no.ma.e.wa.yo.ku.mo.wa.ta.shi.ni.ha.ji.o.ka.ka.se.te.ku.re.ta.ne！

之前竟敢讓我這麼丟臉！

3

あんなひどいことをして、よくも平気（へいき）でいられるものですね！

a.n.na.hi.do.i.ko.to.o.shi.te、yo.ku.mo.he.i.ki.de.i.ra.re.ru.mo.no.de.su.ne！

妳做了那麼過份的事，竟然還敢一副無所謂的樣子！

4

よくも私（わたし）のかわいい子（こ）どもを泣（な）かしてくれたわね！

yo.ku.mo.wa.ta.shi.no.ka.wa.i.i.ko.do.mo.o.na.ka.shi.te.ku.re.ta.wa.ne！

你倒是很敢欺負我們家可愛的孩子嘛！

注意！

「よく」也有用在**「よくがんばりましたね」**（yo.ku.ga.n.ba.ri.ma.shi.ta.ne.）（你很努力了）等的正面評價，但**「よくも」**只用在負面，常用來表現非常強烈的責難。

なにも

na.ni.mo.

沒必要、用不著…

1

なにもそんなに
怒(おこ)らなくてもいいでしょう。

na.ni.mo.so.n.na.ni.
o.ko.ra.na.ku.te.mo.i.i.de.sho.o。

沒必要那麼生氣吧！

2

なにもこんなに小(ちい)さい子(こ)どもに
まであたることはないでしょう！

na.ni.mo.ko.n.na.ni.chi.i.sa.i.ko.do.mo.
ni.ma.de.a.ta.ru.ko.to.wa.na.i.de.sho.o！

用不著對這麼小的孩子這樣吧！

3

たった1泊(いっぱく)の旅行(りょこう)に
なにもそんなに
大(おお)きなスーツケースで行(い)かなくても。

ta.t.ta.i.p.pa.ku.no.ryo.ko.o.ni.na.ni.mo.so.n.na.
ni.o.o.ki.na.su.u.tsu.ke.e.su.de.i.ka.na.ku.te.mo。

才一個晚上的旅行，
用不著那麼大的行李箱吧！

気に入らなかったからといって、なにも捨てることはないでしょう。

ki.ni.i.ra.na.ka.t.ta.ka.ra.to.i.t.te、na.ni.mo.su.te.ru.ko.to.wa.na.i.de.sho.o！

就算不喜歡，也沒必要丟掉吧！

來對話吧！

あんなブスと結婚する奴の気が知れない。

a.n.na.bu.su.to.ke.k.ko.n.su.ru.ya.tsu.no.ki.ga.shi.re.na.i。

我真是不懂誰會想跟那醜八怪結婚。

ちょっと、なにもそこまで言わなくてもいいんじゃない？

cho.t.to、na.ni.mo.so.ko.ma.de.i.wa.na.ku.te.mo.i.i.n.ja.na.i？

喂！用不著講成這樣吧？

いくら

i.ku.ra.

就算…也…、再怎麼說也…

1

いくら親(した)しい仲(なか)でも、言(い)っていいことと悪(わる)いことがある。

i.ku.ra.shi.ta.shi.i.na.ka.de.mo、i.t.te.i.i.ko.to.to.wa.ru.i.ko.to.ga.a.ru。

就算感情再怎麼好，講話也該拿捏分寸。

2

いくら痩(や)せたいからといっても、無理(むり)なダイエットは禁物(きんもつ)です。

i.ku.ra.ya.se.ta.i.ka.ra.to.i.t.te.mo、mu.ri.na.da.i.e.t.to.wa.ki.n.mo.tsu.de.su。

就算再怎麼想要瘦身，

也不宜過度控制飲食。

3

いくらお金(かね)を積(つ)まれても、家宝(かほう)の掛(か)け軸(じく)を譲(ゆず)る気(き)はありません。

i.ku.ra.o.ka.ne.o.tsu.ma.re.te.mo、ka.ho.o.no.
ka.ke.ji.ku.o.yu.zu.ru.ki.wa.a.ri.ma.se.n。

就算你出再多錢，我也不打算把傳家之寶的掛軸賣出。

4

いくらおかあさんでも、私(わたし)の日記(にっき)を読(よ)むなんて許(ゆる)せない！

i.ku.ra.o.ka.a.sa.n.de.mo、wa.ta.shi.no.
ni.k.ki.o.yo.mu.na.n.te.yu.ru.se.na.i！

就算是媽媽也不能看我的日記！不可原諒！

5

１６万円(じゅうろくまんえん)！？ いくらなんでも高(たか)すぎます。

ju.u.ro.ku.ma.n.e.n!? i.ku.ra.na.n.
de.mo.ta.ka.su.gi.ma.su。

16萬日幣！？再怎麼說也貴得太誇張了吧！

ろくに

ro.ku.ni.

030

沒好好地…

1

うちの父(ちち)はろくに働(はたら)かない。

u.chi.no.chi.chi.wa.ro.ku.ni.ha.ta.ra.ka.na.i。

我爸爸沒有好好地工作。

2

若(わか)い頃(ころ)はろくに勉強(べんきょう)しないで、遊(あそ)んでばかりいたものだ。

wa.ka.i.ko.ro.wa.ro.ku.ni.be.n.kyo.o.shi.na.i.de、a.so.n.de.ba.ka.ri.i.ta.mo.no.da。

年輕時沒好好地讀書一直都在玩。

3

昨夜(ゆうべ)**はろくに寝**(ね)**ていない。**

yu.u.be.wa.ro.ku.ni.ne.te.i.na.i。

昨天晚上沒能好好地睡。

「ろくに」的「ろく」是「**禄**(ろく)」。表示食祿、俸祿、財富的意思。是由沒有充分努力工作而衍生出來的字彙。在例句中，以「**満足**(まんぞく)**に～しない**」（沒有充分地～）的意思使用。

ろくに與ろくろく

兩者的含意與用法基本相同，只是ろくろく比ろくに語氣更強烈，都與否定詞語相呼應，表示不能好好地、不能充分地。相當於中文的不好好…，不愛…等。

- **ろくに手紙**(てがみ)**もかけません。** 連封信也寫不好。
  ro.ku.ni.te.ga.mi.mo.ka.ke.ma.se.n。

- **ろくろく勉強**(べんきょう)**もしないのだから、できないのはあたりまえだ。** 不好好用功成績不好也是理所當然的。
  ro.ku.ro.ku.be.n.kyo.o.mo.shi.na.i.no.da.ka.ra、de.ki.na.i.no.wa.a.ta.ri.ma.e.da。

どうせ

do.o.se.

MP3 031

反正…

正式場合 日常用語

1

どうせ言っても信じてもらえません。

do.o.se.i.t.te.mo.shi.n.ji.te. mo.ra.e.ma.se.n。

反正說了也沒人相信我。

2

どうせ女にはできっこないと思っているんでしょう!

do.o.se.o.n.na.ni.wa.de.ki.k.ko.na.i.to.o.mo.t.te.i.ru.n.de.sho.o!

反正你就是認為女人無法辦到對吧！

3

私のことなんてどうせすぐ忘れてしまうんでしょうね。

wa.ta.shi.no.ko.to.na.n.te.do.o.se.wa.su.re.te.shi.ma.u.n.de.sho.o.ne。

反正他很快就會把我忘得一乾二淨了。

4

どうせ大人（おとな）はわかってくれない。

do.o.se.o.to.na.wa.wa.ka.t.te.ku.re.na.i。

反正大人是不會了解我的。

來對話吧！

どうせだめに決（き）まってる。

do.o.se.da.me.ni.ki.ma.t.te.ru。

反正一定不行。

やってみないとわからないでしょう。

ya.t.te.mi.na.i.to.wa.ka.ra.na.i.de.sho.o。

不試試看怎麼知道。

しょせん

sho.se.n.

MP3 032

終究…

正式場合 日常用語

1

しょせんかなわぬ恋（こい）だったんです。

sho.se.n.ka.na.wa.nu.ko.i.da.t.ta.n.de.su。

終究是沒有結果的戀情。

2

人間（にんげん）なんてしょせん小（ちい）さな存在（そんざい）なのです。

ni.n.ge.n.na.n.te.sho.se.n.chi.i.sa.na.so.n.za.i.na.no.de.su。

人類終究是很渺小的。

3

しょせん私(わたし)なんかがかなう相手(あいて)ではなかったんです。

sho.se.n.wa.ta.shi.na.n.ka.ga.ka.na.u.a. i.te.de.wa.na.ka.t.ta.n.de.su。

終究不是我所能及的對手。

4

いくら有名大学出身(ゆうめいだいがくしゅっしん)でも、
しょせん経験不足(けいけんぶそく)の新人(しんじん)だ。

i.ku.ra.yu.u.me.da.i.ga.ku.shu.s.shi.n.de.mo、
sho.se.n.ke.i.ke.n.bu.so.ku.no.shi.n. ji.n.da。

就算是名校出身，
終究是個經驗不足的新人罷了。

注意！

「どうせ」、「しょせん」是表現某種狀態、結果從一開始就已經被下定論的心情。

負面情緒表達篇

・まったく：真是的　・だいたい：根本就　・よりによって：偏偏
・よくも：竟然　・なにも：沒必要　・いくら：就算…也
・ろくに：沒好好地　・どうせ：反正　・しょせん：終究

上班族的物草有三君沒事最喜歡發牢騷了！最近工作不順，偏偏又被分派到不適合的部門，咦？！他好像說了我們剛剛才學到的副詞耶！讓我們仔細看看他到底說了什麼吧！

まったく
ma.t.ta.ku
真是的

まったくどうして何(なに)をやってもうまくいかないんだ!

ma.t.ta.ku.do.o.shi.te.na.ni.o.ya.t.te.mo.u.ma.ku.i.ka.na.i.n.da！

真是的，為什麼不管做什麼都做不好！

だいたい
da.i.ta.i
根本就

だいたいみんなぼくの本当(ほんとう)の実力(じつりょく)を知(し)らないんだ。

da.i.ta.i.mi.n.na.bo.ku.no.ho.n.to.o.no.ji.tsu.ryo.ku.o.shi.ra.na.i.n.da。

大家根本就不知道我真正的實力。

よりによって

yo.ri.ni.yo.t.te

偏偏

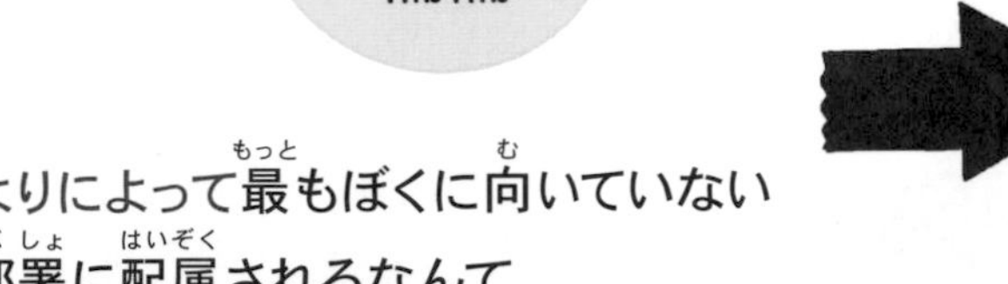

よりによって最(もっと)もぼくに向(む)いていない部署(ぶしょ)に配属(はいぞく)されるなんて。

yo.ri.ni.yo.t.te.mo.t.to.mo.bo.ku.ni.mu.i.te.i.na.i bu.sho.ni.ha.i.zo.ku.sa.re.ru.na.n.te。

偏偏被分派到我最不適合的部門。

よくも

yo.ku.mo

竟然

人事部(じんじぶ)の連中(れんちゅう)め、よくもぼくを営業部(えいぎょうぶ)なんかに飛(と)ばしたな。

ji.n.ji.bu.no.re.n.chu.u.me、yo.ku.mo.bo.ku.o.e.i.gyo.o.bu.na.n.ka.ni.to.ba.shi.ta.na。

人事部的那些傢伙，竟然把我調到營業部。

なにも
na.ni.mo
沒必要

なにもわずか3ヶ月(さんかげつ)で企画部(きかくぶ)から異動(いどう)させなくてもいいだろう。

na.ni.mo.wa.zu.ka.sa.n.ka.ge.tsu.de.ki.ka.ku.bu.ka.ra.i.do.o.sa.se.na.ku.te.mo.i.i.da.ro.o。

沒必要僅僅3個月，就從企劃部被調走吧！

いくら
i.ku.ra
就算…也

いくら業績(ぎょうせき)がぱっとしないからといって、ひどいよ！

i.ku.ra.gyo.o.se.ki.ga.pa.t.to.shi.na.i.ka.ra.to.i.t.te、hi.do.i.yo！

就算業績沒有大幅長進，這樣也太過分了吧！

ろくに
ro.ku.ni
沒好好

ろくにぼくの仕事(しごと)ぶりを見(み)ていないくせに。

ro.ku.ni.bo.ku.no.shi.go.to.bu.ri.o.mi.te.i.na.i.ku.se.ni。

根本沒好好看過我工作的樣子。

どうせ適当(てきとう)に人事異動(じんじいどう)をしたに違(ちが)いない。

do.o.se.te.ki.to.o.ni.ji.n.ji.i.do.o.o.shi.ta.ni.chi.ga.i.na.i。

反正人事異動都已經確定了。

あ～あ、サラリーマンの立場(たちば)なんて、しょせんこんなものか。

a~a、sa.ra.ri.i.ma.n.no.ta.chi.ba.na.n.te、sho.se.n.ko.n.na.mo.no.ka。

唉～上班族的地位，終究不過如此而已。

さすが

sa.su.ga.

不愧是、名不虛傳…

正式場合 日常用語

1

さすが小川(おがわ)さん、歌(うた)がお上手(じょうず)ですね～！

sa.su.ga.o.ga.wa.sa.n、u.ta.ga.o.jo.o.zu.de.su.ne！

不愧是小川小姐，歌唱得很好呢！

2

カードで1回払(いっかいばら)いで。

ka.a.do.de.i.k.ka.i.ba.ra.i.de。

信用卡一次付清。

さすがお金(かね)持(も)ちは違(ちが)うなあ。

sa.su.ga.o.ka.ne.mo.chi.wa.chi.ga.u.na.a！

不愧是有錢人，果然不一樣呢！

3

すばらしい仕上(しあ)がり！さすがはこの道(みち)4 0 年(よんじゅうねん)のプロですね。

su.ba.ra.shi.i.shi.a.ga.ri！sa.su.ga.wa.ko.no.mi.chi.yo.n.ju.u.ne.n.no.pu.ro.de.su.ne。

真是完美的傑作！

不愧是有40年經驗的專家。

4

さすが樹齢(じゅれい)1000年(せんねん)の桜(さくら)は見応(みごた)えがあるね～。

sa.su.ga.ju.re.i.se.n.ne.n.no.
sa.ku.ra.wa.mi.go.ta.e.ga.a.ru.ne~。

不愧是有千年樹齡的櫻花，

真是百聞不如一見。

來對話吧！

すごい！さすがはお父(とう)さん。

su.go.i ! sa.su.ga.wa.o.to.o.sa.n。

好厲害！真不愧是爸爸！

こんなの朝飯前(あさめしまえ)だよ。

ko.n.na.no.a.sa.me.shi.ma.e.da.yo。

這只是小case！

su.go.ku.

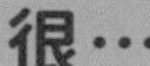

1

すごくうれしい！

su.go.ku.u.re.shi.i！

我好高興！

2

出張で3週間も会えなくて、すごく淋しかったよ。

shu.c.cho.o.de.sa.n.shu.u.ka.n.mo.a.e.na.ku.te、su.go.ku.sa.bi.shi.ka.t.ta.yo。

出差3個星期沒見面，我好寂寞。

③

すごくいい香(かお)りの紅茶(こうちゃ)ね。

su.go.ku.i.i.ka.o.ri.no.ko.o.cha.ne。

這紅茶很香呢！

④

外(そと)はすごく寒(さむ)い。

so.to.wa.su.go.ku.sa.mu.i。

外面很冷。

注意！

すごく是由形容詞「すごい」衍生而來，程度更強烈的強調字眼。常使用於會話中。

なかなか

na.ka.na.ka.

很…、挺…

正式場合

日常用語

1

彼はああ見えてなかなか切れ者ですよ。

ka.re.wa.a.a.mi.e.te.na.ka.na.ka.ki.re.mo.no.de.su.yo。

別看他那樣，他可是個很有本事的人喔！

2

あなたの妹さん、なかなか美人じゃない。

a.na.ta.no.i.mo.o.to.sa.n、na.ka.na.ka.bi.ji.n.ja.na.i。

你妹妹很漂亮耶！

3

松本(まつもと)くんは新人(しんじん)とはいえ、なかなかよくやっている。

ma.tsu.mo.to.ku.n.wa.shi.n.ji.n.to.wa.i.e、na.ka.na.ka.yo.ku.ya.t.te.i.ru。

松本先生雖然是個新人，但做得挺不錯的。

4

なかなかよくできた企画書(きかくしょ)だ。

na.ka.na.ka.yo.ku.de.ki.ta.ki.ka.ku.sho.da。

是份非常不錯的企劃書呢！

注意！

なかなか 若後面接否定，是強調不如想像的順利、不簡單的意思。

ke.k.ko.o.

MP3 036

正式場合 日常用語

台湾でも冬は結構寒くなります。

ta.i.wa.n.de.mo.fu.yu.wa.ke.k.ko.o.sa.mu.ku.na.ri.ma.su。

即使是台灣的冬天，還是蠻冷的。

2

この本は結構読み応えがあった。

ko.no.ho.n.wa.ke.k.ko.o.yo.mi.go.ta.e.ga.a.t.ta。

這本書頗值得一讀。

3

どんな男性でも、背広を着ると結構様になる。

do.n.na.da.n.se.i.de.mo、se.bi.ro.o.ki.ru.to.ke.k.ko.o.sa.ma.ni.na.ru。

不管什麼樣的男生，穿了西裝都挺有模有樣的。

4

こんな美人を射止めるなんて、木村くんも結構やるね。

ko.n.na.bi.ji.n.o.i.to.me.ru.na.n.te、ki.mu.ra.ku.n.mo.ke.k.ko.o.ya.ru.ne。

贏得這麼一位美女的芳心，木村先生還真行。

來對話吧！

私の彼、結構かっこいいでしょ？

wa.ta.shi.no.ka.re、ke.k.ko.o.ka.k.ko.o.i.i.de.sho？

我的男朋友，很帥的吧？

う、う～ん、まあそうかもね。（恋は盲目？）

u、u~n、ma.a.so.o.ka.mo.ne。（ko.i.wa.mo.o.mo.ku？）

呃…嗯～還不錯啊！（愛情真的是盲目的？）

わりあい

wa.ri.a.i.

比較…；出乎意料的…

正式場合 日常用語

1

今日(きょう)はわりあい暖(あたた)かい。

kyo.o.wa.wa.ri.a.i.a.ta.ta.ka.i。

今天比較溫暖。

2

わりあいお元気(げんき)そうで安心(あんしん)しました。

wa.ri.a.i.o.ge.n.ki.so.o.de.
a.n.shi.n.shi.ma.shi.ta。

妳似乎比較有精神了，
那麼我就安心了。

3

わりあいにうまくできて、ほっとした。

wa.ri.a.i.u.ma.ku.de.ki.te、ho.t.to.shi.ta。

出乎意料地順利，鬆了一口氣。

4

これはわりあいよくできた偽物(にせもの)ですね。

ko.re.wa.wa.ri.a.i.yo.ku.de.ki.ta.ni.se.mo. no.de.su.ne。

這個贗品做得出乎意料的好呢！

5

田舎(いなか)にしてはわりあい立派(りっぱ)なホテルが立(た)っている。

i.na.ka.ni.shi.te.wa.wa.ri.a.i.ri.p.pa.na.ho.te.ru.ga.ta.t.te.i.ru。

意外地在這鄉下地方有這麼豪華的旅館。

わりと

wa.ri.to.

竟然、意外地…

日常用語

①

あの人はわりと気難(きむずか)しいところがある。

a.no.hi.to.wa.wa.ri.to.ki.mu.zu.ka.shi.i.to.ko.ro.ga.a.ru。

那個人竟然也有刁鑽的地方呢！

②

わりとすんなりコンサートのチケットが取(と)れた。

wa.ri.to.su.n.na.ri.ko.n.sa.a.to.no.chi.ke.t.to.ga.to.re.ta。

意外地順利買到演唱會的票了。

3

へ～、わりといいホテルじゃないの！

he.e~、wa.ri.to.i.i.ho.te.ru.ja.na.i.no！

咦！旅館比想像中還棒嘛！

4

今日（きょう）はわりと早（はや）く仕事（しごと）が終（お）わった。

kyo.o.wa.wa.ri.to.ha.ya.ku.shi.go.to.ga.o.wa.t.ta。

今天意外地較早結束工作。

注意！

「なかなか」（頗…）、**「結構」**（頗…）、**「わりあい」**（比較）、**「わりと」**（竟然）是表現雖然不是100分，卻比原先想得還要好，那種欣慰、滿足的心情。

まずまず

ma.zu.ma.zu.

還不錯、馬馬虎虎

1

試験(しけん)はまずまずの出来(でき)だった。

shi.ke.n.wa.ma.zu.ma.zu.no.de.ki.da.t.ta。

考得還不錯。

今日(きょう)の演奏(えんそう)はまずまずでしたね。

kyo.o.no.e.n.so.o.wa.ma.zu.ma.zu.de.shi.ta.ne。

今天的演奏還不錯喔！

3

新(あたら)しい携帯(けいたい)の機能(きのう)はどう？

a.ta.ra.shi.i.ke.e.ta.i.no.ki.no.o.wa.do.o?

新手機的功能如何？

そうだなあ、まずまずってところかな。

so.o.da.na.a、ma.zu.ma.zu.t.te.to.ko.ro.ka.na。

這個嘛，馬馬虎虎囉！

4

この鞄(かばん)は安物(やすもの)だがまずまずの品質(ひんしつ)だ。

ko.no.ka.ba.n.wa.ya.su.mo.no.da.ga.ma.zu.ma.zu.no.hi.n.shi.tsu.da。

這個包包雖然是便宜貨，但品質還不錯。

來對話吧！

お義母(かあ)さま、お味(あじ)はいかがでしょう？

o.ka.a.sa.ma、o.a.ji.wa.i.ka.ga.de.sho.o?

婆婆，您覺得味道如何呢？

そうね、まずまずですね。

so.o.ne、ma.zu.ma.zu.de.su.ne。

這個嘛，還可以囉！

まあまあ

ma.a.ma.a.

普普通通、還可以

1

今年（ことし）のお米（こめ）の作柄（さくがら）は、

まあまあといったところです。

ko.to.shi.no.o.ko.me.no.sa.ku.ga.ra.wa、
ma.a.ma.a.to.i.t.ta.to.ko.ro.de.su。

今年的稻米飽滿程度還可以。

2

まあまあおいしかったよ。

ma.a.ma.a.o.i.shi.ka.t.ta.yo。

味道普通。

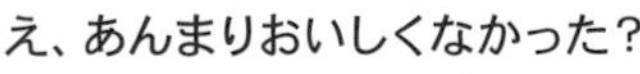

え、あんまりおいしくなかった？

e、a.n.ma.ri.o.i.shi.ku.na.ka.t.ta?

咦，不太好吃嗎？

3

初(はじ)めてにしてはまあまあですよ。

ha.ji.me.te.ni.shi.te.wa.ma.a.ma.a.de.su.yo。

以第一次來說，

寫這樣算普普通通還不錯！

4

まあまあおいしかったよ。

ma.a.ma.a.o.i.shi.ka.t.ta.yo。

味道還可以。

5

この歌手(かしゅ)、歌(うた)はまあまあだけどルックスは抜群(ばつぐん)だね。

ko.no.ka.shu、u.ta.wa.ma.a.ma.a.da.ke.do.

ru.k.ku.su.wa.ba.tsu.gu.n.da.ne。

這位歌手歌喉普通，

但外型卻相當亮眼。

そこそこ

so.ko.so.ko.

多少…、勉強…

1

彼(かれ)はそこそこギターを
弾(ひ)きこなせます。

ka.re.wa.so.ko.so.ko.gi.ta.a.o.
hi.ki.ko.na.se.ma.su。

他勉強會彈一點吉他。

2

車(くるま)なんか高級(こうきゅう)じゃなくてもそこそこ走(はし)れればいい。

ku.ru.ma.na.n.ka.ko.o.kyu.u.ja.na.ku.te.mo.so.ko.so.ko.ha.shi.re.re.ba.i.i。

我這雖然不是高級房車，但只要勉強還可以開就好。

3

父(ちち)の作(つく)る料理(りょうり)もそこそこいける。

chi.chi.no.tsu.ku.ru.ryo.o.ri.mo.so.ko.so.ko.i.ke.ru。

爸爸作的菜勉強還過得去。

4

私(わたし)は日本語(にほんご)をそこそこ話(はな)せます。

wa.ta.shi.wa.ni.ho.n.go.o.so.ko.so.ko.ha.na.se.ma.su。

我多少會說一點日文。

注意！

そこそこ也有倉促、慌慌張張地、少量地的意思。

- **時間(じかん)がなくなり、あいさつもそこそこに立(た)ち去(さ)った。**
  ji.ka.n.ga.na.ku.na.ri、a.i.sa.tsu.mo.so.ko.so.ko.ni.ta.chi.sa.t.ta。
  時間快來不及，匆匆忙忙打個招呼就趕著離開了。

若接在表示數量詞後面，有暗示還不到那種程度的口氣。

- **1000円(せんえん)そこそこの価値(かち)しかない品物(しなもの)。**
  se.n.e.n.so.ko.so.ko.no.ka.chi.shi.ka.na.i.shi.na.mo.no。
  價值不到1000日圓的東西。

それなりに

so.re.na.ri.ni.

042

就那樣、恰如其分、盡了力

正式場合 日常用語

映画（えいが）はどうだった？

e.i.ga.wa.do.o.da.t.ta?

電影好看嗎？

1

まあそれなりに
おもしろかったよ。

ma.a.so.re.na.ri.ni.o.mo.
shi.ro.ka.t.ta.yo。

就那樣囉！滿有趣的。

ツアーはどうだった？

tsu.a.a.wa.do.o.da.t.ta。

旅行團的行程如何？

2

それなりによかったよ。

so.re.na.ri.ni.yo.ka.t.ta.yo。

差不多就那樣囉！還不錯。

3

あの店(みせ)はそれなりにおいしいけど、わざわざ予約(よやく)して行(い)くほどのこともないよ。

a.no.mi.se.wa.so.re.na.ri.ni.o.i.shi.i.ke.do、wa.za.wa.za.yo.ya.ku.shi.te.i.ku.ho.do.no.ko.to.mo.na.i.yo。

那間店好吃的程度就差不多那樣還不到要特地預約的地步。

4

息子(むすこ)もそれなりにがんばっていたのだが、やはり父親(ちちおや)の味(あじ)にはかなわなかった。

mu.su.ko.mo.so.re.na.ri.ni.ga.n.ba.t.te.i.ta.no.da.ga、ya.ha.ri.chi.chi.o.ya.no.a.ji.ni.wa.ka.na.wa.na.ka.t.ta。

兒子已經盡了力，但果然還是無法超越父親。

5

着物(きもの)はどんな体系(たいけい)の人(ひと)が着(き)てもそれなりに絵(え)になる。

ki.mo.no.wa.do.n.na.ta.i.ke.i.no.hi.to.ga.ki.te.mo.so.re.na.ri.ni.e.ni.na.ru。

不管什麼樣體型的人穿上和服，都會展露自己恰如其分的感覺。

評價篇

・さすが：不愧是　・すごく：非常　・なかなか：挺　・結構（けっこう）：蠻
・わりと：格外地　・わりあい：比較　・まずまず：還過得去

小彩是個美食家，剛學會了好多「さすが」、「なかなか」、「結構」、「まあまあ」…等等的用法，好多副詞感覺意思都差不多，把這些整理一下，哇！好一目瞭然喔！馬上現學現賣一下囉！

①	90～100 分	さすが	不愧是
		すごく	非常
②	80～95 分	なかなか	挺
③	75～85 分	結構（けっこう）	蠻
		わりと	格外地
		わりあい	比較
④	70～80 分	まずまず	還過得去
⑤	65～75 分	まあまあ	普通
⑥	60～70 分	そこそこ	還算
		それなりに	就那樣

※ 在此為讀者提供評價篇的參考指標，實際使用時可依對話情境或個人主觀認知彈性使用。

① **さすが**
sa.su.ga
不愧是

すごく
su.go.ku
非常

さすが土井先生(どいせんせい)の作(つく)る料理(りょうり)は絶品(ぜっぴん)です！すごくおいしい！

sa.su.ga.do.i.se.n.se.i.no.tsu.ku.ru.ryo.o.ri.wa.ze.p.pi.n.de.su！su.go.ku.o.i.shi.i！

不愧是土井老師作的菜，真是人間美味！非常好吃！

② **なかなか**
na.ka.na.ka
挺

なかなかおいしい

na.ka.na.ka.o.i.shi.i

挺好吃的。

③ 結構(けっこう) ke.k.ko.o 蠻

わりと wa.ri.to 格外地

わりあい wa.ri.a.i 比較

結構(けっこう)おいしい。
ke.k.ko.u.o.i.shi.i。
蠻好吃的。

わりとおいしい。
wa.ri.to.o.i.shi.i。
格外地好吃。

わりあいおいしい。
wa.ri.a.i.o.i.shi.i。
比較好吃。

④ まずまず ma.zu.ma.zu 還過得去

まずまずおいしい。
ma.zu.ma.zu.o.i.shi.i。
味道還過得去。

⑤ まあまあ
ma.a.ma.a
普通

まあまあおいしい。
ma.a.ma.a.o.i.shi.i。
普通好吃。

⑥ そこそこ
so.ko.so.ko
還算

そこそこおいしい。
so.ko.so.ko.o.i.shi.i。
還算好吃

それなりに
so.re.na.ri.ni
就那樣

まあそれなりにおいしいけど、
これならおかあさんの餃子(ぎょうざ)の方(ほう)がおいしいな。
ma.a.so.re.na.ri.ni.o.i.shi.i.ke.do、
ko.re.na.ra.o.ka.a.sa.n.no.gyo.o.za.no.ho.o.ga.o.i.shi.i.na。
雖然就那樣，
但比起這個還是媽媽的餃子比較好吃。

なるほど

na.ru.ho.do.

原來如此

正式場合　日常用語

ここは地元(じもと)では有名(ゆうめい)な店(みせ)なんです。

ko.ko.wa.ji.mo.to.de.wa.yu.u.me.i.na.mi. se.na.n.de.su。

這就是本地有名的店。

なるほど、だからこんなに行列(ぎょうれつ)ができてるんですね。

na.ru.ho.do、da.ka.ra.ko.n.na.ni.gyo.o.re.tsu.ga.de.ki.te.i.ru.n.de.su.ne。

原來如此，所以才會這麼大排長龍的！

台湾(たいわん)に住(す)んでもう5年(ごねん)になります。

ta.i.wa.n.ni.su.n.de.mo.o.go.ne.n.ni.na.ri.ma.su。

我在台灣已經住了5年了。

なるほど、それでそんなに上手(じょうず)に中国語(ちゅうごくご)が話(はな)せるんですね！

na.ru.ho.do、so.re.de.so.n.na.ni.jo.o.zu.ni.
chu.u.go.ku.go.ga.ha.na.se.ru.n.de.su.ne！

原來如此，所以中文才說得那麼好。

4 あのふたり、密かに付き合ってるらしいよ。

a.no.fu.ta.ri.hi.so.ka.ni.tsu.ki.a.t.te.ru.ra.shi.i.yo。

那兩個人，在低調交往喔！

なるほどね、そういうわけだったんだ。

na.ru.ho,do.ne、so.o.i.u.wa.ke.da.t.ta.n.da。

這樣啊！原來如此。

來對話吧！

台湾ではこんなふうにして注文するんです。

ta.i.wa.n.de.wa.ko.n.na.fu.u.ni.shi.te.chu.u.mo.n.su.ru.n.de.su。

在台灣是這樣點餐的。

なるほど～。知らなかったなあ。

na.ru.ho.do~、shi.ra.na.ka.t.ta.na.a。

原來如此～。我之前都不知道呢！

そう

so.o.

這樣啊、是啊

日常用語

1

そう。じゃあ遊びに行ってもいいわよ。

so.o。ja.a.a.so.bi.ni.i.t.te.mo.i.i.wa.yo。

這樣啊！那可以去玩囉！

宿題終わったよ。

shu.ku.da.i.o.wa.t.ta.yo。

我寫完作業了！

2

そうだね！

so.o.da.ne！

是啊！

象の鼻は器用だね。

zo.o.no.ha.na.wa.ki.yo.o.da.ne。

大象的鼻子真靈活。

今日（きょう）はこれで帰（かえ）ります。
kyo.o.wa.ko.re.de.ka.e.ri.ma.su。
今天就到這邊我先回去了。

3

そう。お疲（つか）れ様（さま）。
so.o。o.tsu.ka.re.sa.ma。
這樣啊。辛苦了。

旅行中（りょこうちゅう）いろいろなことがあったね。
ryo.ko.o.chu.u.i.ro.i.ro.na.ko.to.ga.a.t.ta.ne。
旅行中發生了很多事喔。

4

そうね。
so.o.ne。
是呀。

注意！

對於地位較高的人或正式場合使用時，也會使用**「そうですね。」**（是啊。）**「そうですか。」**（是嗎？）

• A：**「いいところですね。」**真剛好。
i.i.to.ko.ro.de.su.ne。

B：**「本当（ほんとう）にそうですね。」**真的耶！
ho.n.to.o.ni.so.o.de.su.ne。

• A：**「先週（せんしゅう）富山（とやま）に行（い）って来（き）ました。」**我上週去了富山。
se.n.shu.u.to.ya.ma.ni.i.t.te.ki.ma.shi.ta。

B：**「そうですか。それはよかったですね。」**這樣啊！真是太棒了。
so.o.de.du.ka。so.re.wa.yo.ka.t.ta.de.su.ne。

そうそう

SO.O.SO.O.

045

對、沒錯

お探(さが)しの本はこれですか？
o.sa.ga.shi.no.ho.n.wa.ko.re.de.su.ka?
您在找的書是這本嗎？

そうそう、それです！
so.o.so.o、so.re.de.su！
對對，就是那本！

答(こた)えは3番(さんばん)ですか？
ko.ta.e.wa.sa.n.ba.n.de.su.ka?
答案是3嗎？

2

そうそう、その通(とお)り。
so.o.so.o、so.no.to.o.ri。
對！就是3。

これでどうでしょう。
ko.re.de.do.o.de.sho.o?
這樣如何？

3

そうそう、そういう感(かん)じでいいのよ。
so.o.so.o、so.o.i.u.ka.n.ji.de.i.i.no.yo。
沒錯沒錯，就是這種感覺。

昨日(きのう)のドラマ、おもしろかったね。
ki.no.o.no.do.ra.ma、o.mo.shi.ro.ka.t.ta.ne。
昨天的偶像劇好好看喔！

4

そうそう、私(わたし)もそう思(おも)った。
so.o.so.o、wa.ta.shi.mo.so.o.o.mo.t.ta。
對呀對呀！我也這麼覺得！

注意！

比「そうです」更積極的表示同意或肯定的心情，常用在親近友人之間的會話。另外，也用在談話中想到什麼事的時候。

- そうそう、そういえば昨日(きのう)おもしろい店(みせ)を見(み)つけたんですよ。
  so.o.so.o、so.o.i.e.ba.ki.no.o.o.mo.shi.ro.i.mi.se.o.mi.tsu.ke.ta.n.de.su.yo。
  對了對了，話說昨天我發現了一間有趣的店。
- そうそう、これをあなたに渡(わた)すのを忘(わす)れるところだった。
  so.o.so.o、ko.re.o.a.na.ta.ni.wa.ta.su.no.o.wa.su.re.ru.to.ko.ro.da.t.ta。
  對了對了，差點忘了把這個交給你。

もちろん

mo.chi.ro.n.

正式場合 日常用語

私(わたし)のこと、愛(あい)してる?

wa.ta.shi.no.ko.to、a.i.shi.te.ru？

你愛我嗎？

もちろんだよ！

mo.chi.ro.n.da.yo！

當然啊！

このダイヤモンド、
本物(ほんもの)ですよね?

ko.no.da.i.ya.mo.n.do、
ho.n.mo.no.de.su.yo.ne?

這個鑽石是真的嗎？

もちろんです。
ご安心(あんしん)ください。

mo.chi.ro.n.de.su。
go.a.n.shi.n.ku.da.sa.i。

當然。請放心。

おかあさんはなにがあっても
私(わたし)のことを見捨(みす)てないよね。

o.ka.a.sa.n.wa.na.ni.ga.a.t.te.mo.wa.ta.shi.no.ko.
to.o.mi.su.te.na.i.yo.ne。

不管發生什麼事媽媽都不會拋下我的吧？

もちろんよ。

mo.chi.ro.n.yo。

當然囉！

私がお邪魔（わたし じゃま）してもいいですか？

wa.ta.shi.ga.o.ja.ma.shi.te.mo.i.i.de.su.ka?

我可以過去打擾你們嗎？

4

もちろん大歓迎（だいかんげい）です！

mo.chi.ro.n.da.ka.n.ge.i.de.su！

當然呀！歡迎歡迎！

來對話吧！

お隣（となり）に座（すわ）ってもよろしいですか？

o.to.na.ri.ni.su.wa.t.te.mo.yo.ro.shi.i.de.su.ka?

我可以坐你隔壁嗎？

もちろん。さあどうぞ。

mo.chi.ro.n。sa.a.do.o.zo。

當然，請坐。

どうりで

do.o.ri.de.

MP3 047

難怪…

1

これはただの金メッキですよ。
ko.re.wa.ta.da.no.ki.n.me.k.ki.de.su.yo。
這東西只是鍍金的而已。

どうりで。純金にしては軽いと思ったのよね。
do.o.ri.de。ju.n.ki.n.ni.shi.te.wa.ka.ru.i.to.o.mo.t.ta.no.yo.ne。
難怪。如果是純金的也太輕了。

2

韓国でプチ整形してきたの。
ka.n.ko.ku.de.pu.chi.se.i.ke.i.shi.te.ki.ta.no。
我在韓國微整型過。

どうりで！最近急にきれいに
なったから変だなと思ってたのよ。
do.o.ri.de！sa.i.ki.n.kyu.u.ni.ki.re.i.ni.na.t.ta.
ka.ra.he.n.da.na.to.o.mo.t.te.ta.no.yo。
難怪！我還覺得奇怪了！
妳最近怎麼突然變美了呢！

3

あの店は最近シェフが代わったんだって。

a.no.mi.se.wa.sa.i.ki.n.she.fu.ga.ka.wa.t.ta.n.da.t.te。

那間店最近換了廚師喔！

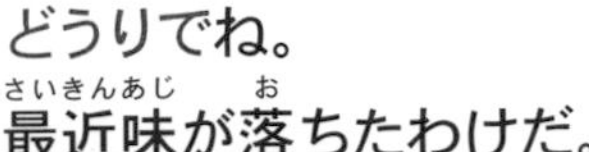

どうりでね。
最近味が落ちたわけだ。

do.o.ri.de.ne！
sa.i.ki.n.a.ji.ga.o.chi.ta.wa.ke.da。

難怪！所以最近變難吃了。

4

あの行列ができている店、最近テレビで紹介されたんだって。

a.no.gyo.o.re.tsu.ga.de.ki.te.i.ru.mi.se、sa.i.ki.n.te.re.bi.de.sho.o.ka.i.sa.re.ta.n.da.t.te。

那間大排長龍的店，最近上過電視。

あ～、どうりで。

a~、do.o.ri.de。

喔～難怪。

注意！

どうりで 是因為對方而解開謎題，並表示同意的心情。

少し

su.ko.shi.

一點、稍微

正式場合 日常用語

1

すみません。少し静かにしていただけませんか？

su.mi.ma.se.n。su.ko.shi.shi.zu.ka.ni.shi.te.i.ta.da.ke.ma.se.n.ka？

不好意思。可以請妳們小聲一點嗎？

2

紅茶のお代わりはいかがですか？

ko.o.cha.no.o.ka.wa.ri.wa.i.ka.ga.de.su.ka？

請問紅茶需要續杯嗎？

はい、少しだけいただきます。

ha.i、su.ko.shi.da.ke.i.ta.da.ki.ma.su。

好的，一點點就好。

③

恐れ入ります。少し聞き取りにくいので、
もう少し大きな声でお願いできますか？

o.so.re.i.ri.ma.su。su.ko.shi.ki.ki.to.ri.ni.ku.i.no.de、
mo.o.su.ko.shi.o.o.ki.na.ko.e.de.o.ne.ga.i.de.ki.ma.su.ka？

很抱歉。因為聽不太清楚，
可以麻煩您大聲一點嗎？

④

疲れましたか？
tsu.la.re.ma.shi.ta.ka？
你累了嗎？

ええ、少し。
e.e、su.ko.shi。
嗯，有一點。

cho.t.to.

MP3 049

有點…、一下

正式場合 日常用語

明日(あした)のパーティーはこのドレスで行(い)こうと思(おも)うの。
a.shi.ta.no.pa.a.ti.i.wa.ko.no.do.re.su.de.i.ko.o.to.o.mo.u.no。
明天的party我想穿這件洋裝去。

それはちょっとどうかなあ。
so.re.wa.cho.t.to.do.o.ka.na.a。
好像有點不妥吧！

2

ちょっとすみません。通(とお)してください。
cho.t.to.su.mi.ma.se.n。to.o.shi.te.ku.da.sa.i。
不好意思打擾一下。請借我過一下。

3

すみません。ちょっとたずねします。就職説明会(しゅうしょくせつめいかい)の会場(かいじょう)はどちらですが？
su.mi.ma.se.n。cho.t.to.ta.zu.ne.shi.ma.su。shu.u.sho.ku.se.tsu.me.i.ka.i.no.ka.i.jo.o.wa.do.chi.ra.de.su.ka？。
不好意思請問一下，
就業說明會的會場在哪裡呢？

これから食事にでも行きませんか？

ko.re.ka.ra.sho.ku.ji.ni.de.mo.i.ki.ma.se.n.ka?

要一起去吃個飯嗎？

今日はちょっと遠慮しておきます。

kyo.o.wa.cho.t.to.e.n.ryo.shi.te.o.ki.ma.su。

今天有點不太方便。

來對話吧！

ねえ、たまには思い切ってこういうパッとした明るい服を着たらどう？

ne.e, ta.ma.ni.wa.o.mo.i.ki.t.te.ko.o.i.u.pa.t.to.shi.ta.a.ka.ru.i.fu.ku.o.ki.ta.ra.do.o?

妳偶爾也下定決心穿這種色彩鮮明活潑的衣服如何？

そ、そういうのはちょっと…。

so、so.o.i.u.no.wa.cho.t.to…。

那、那種的有點…。

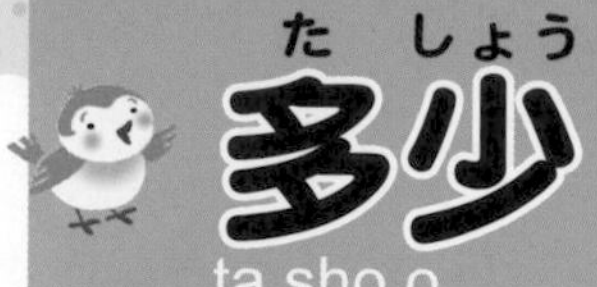

多少

たしょう

ta.sho.o.

類 「少々」：稍微

050

多少…、有點…

正式場合 日常用語

1

台湾経済にはお詳しいですか？（たいわんけいざい、くわ）

ta.i.wa.n.ke.i.za.i.ni.wa.o.ku.wa.shi.i.de.su.ka?

你對台灣經濟很了解嗎？

まあ、多少は。（たしょう）

ma.a、ta.sho.o.wa。

這個嘛，多少有點了解。

2

ワインはよく飲まれるんですか？（の）

wa.i.n.wa.yo.ku.no.ma.re.ru.n.de.su.ka?

妳常喝酒嗎？

多少嗜む程度です。（たしょうたしな、ていど）

ta.sho.o.ta.shi.na.mu.te.i.do.de.su。

有點這樣的嗜好。

3

料理には多少自信があるんだ。

ryo.o.ri.ni.wa.ta.sho.o.ji.shi.n.ga.a.ru.n.da。

我對料理還有點信心。

4

おかあさんはこれでも若い頃多少はもてたのよ。

o.ka.a.sa.n.wa.ko.re.de.mo.wa.ka.i.ko.ro.ta.sho.o.wa.mo.te.ta.no.yo。

別看媽媽這樣，年輕的時候也有點受歡迎呢！

5

多少ですが私もお手伝いできますよ。

ta.sho.o.de.su.ga.wa.ta.shi.mo.o.te.tsu.da.i.de.ki.ma.su.yo。

我多少可以幫你點忙喔！

程度表達篇

・ちょっと 有點　・多少（たしょう） 多少　・少（すこ）し 有點

ちょっと、多少（たしょう）、少（すこ）し這三個副詞雖然都可解釋「有一點」，但是使用上卻可以細膩地表現出說話者的認同度和自信程度喔！讓我們從以下三位廚師端出料裡時所說的話來了解這三個副詞怎麼使用最貼切吧！

① ちょっと

cho.t.to

有點

料理（りょうり）にはちょっと自信（じしん）があるんだ。

ryo.o.ri.ni.wa.cho.t.to.ji.shi.n.ga.a.ru.n.da。

對料理有點信心（70～80%的自信）

② 多少
ta.sho.o
多少

料理には多少自信があるんだ。
ryo.o.ri.ni.wa.ta.sho.o.ji,shi.n.ga.a.ru.n.da。
對料理多少有點自信（60～70%的自信）

③ 少し
su.ko.shi
有點

料理には少し自信があるんだ。
ryo.o.ri.ni.wa.su.ko.shi.ji.shi.n.ga.a.ru.n.da。
對料理有點信心（50～60%的自信）

第二章

說明事實與關係篇

會說日語不夠，會說漂亮的日語才厲害！本篇章著重在說明事物時所運用到的副詞，精美插圖詳盡捕捉使用上的些微差異，使您在描述事情時更加精確有深度喔！

P132~P347

かつて

ka.tsu.te.

MP3 051

很久以前…、曾經

正式場合

かつて人類(じんるい)の祖先(そせん)は4本脚(よんほんあし)で歩(ある)いていた。

ka.tsu.te.ji.n.ru.i.no.so.se.n.wa.yo.n.ho.n.a.shi.de.a.ru.i.te.i.ta。

很久以前，人類的祖先用4隻腳走路。

2

かつてここには壮麗(そうれい)な神殿(しんでん)が建(た)てられていました。

ka.tsu.te.ko.ko.ni.wa.so.o.re.i.na.shi.n.de.n.ga.ta.te.ra.re.te.i.ma.shi.ta。

這裡曾經有座壯觀的大神殿。

3

私(わたし)はかつて日本(にほん)に住(す)んでいたことがあります。

wa.ta.shi.wa.ka.tau.te.ni.ho.n.ni.su.n.de.i.ta.ko.to.ga.a.ri.ma.su。

我以前曾住過日本。

4

時代劇(じだいげき)は東京(とうきょう)がかつて江戸(えど)と呼(よ)ばれていた頃(ころ)の話(はなし)です。

ji.da.i.ge.ki.wa.to.o.kyo.o.ga.ka.tsu.te.e.do.to.yo.ba.re.te.i.ta.ko.ro.no.ha.na.shi.de.su。

時代劇所描述的是以前東京還被稱為江戸時的故事。

來對話吧！

あなたは未(いま)だかつて見(み)たことがない美人(びじん)だ。

a.na.ta.wa.i.ma.da.ka.tsu.te.mi.ta.ko.to.ga.na.i.bi.ji.n.da。

我以前從未見過妳這樣的美女。

そんな見(み)え透(す)いたお世辞(せじ)はやめてください。

so.n.na.mi.e.su.i.ta.o.se.ji.wa.ya.me.te.ku.da.sa.i。

請不要說那種容易被識破的場面話。

以前

i.ze.n.

MP3 052

以前、曾經

正式場合

1

失礼ですが、以前どこかでお会いしませんでしたか？

shi.tsu.re.i.de.su.ga、i.ze.n.do.ko.ka.de.o.a.i.shi.ma.se.n.de.shi.ta.ka。

不好意思，我們以前是不是有在哪裡見過面？

2

私は以前ここでアルバイトをしていたことがあります。

wa.ta.shi.wa.i.ze.n.ko.ko.de.a.ru.ba.i.to.o.shi.te.i.ta.ko.to.ga.a.ri.ma.su。

我以前曾經在這裡打過工。

3

以前はフランス語をぺらぺらしゃべっていたのに、今はもうすっかり忘れてしまった。

i.ze.n.wa.fu.ra.n.su.go.o.pe.ra.pe.ra.sha.be.t.te.i.ta.no.ni、i.ma.wa.mo.o.su.k.ka.ri.wa.su.re.te.shi.ma.t.ta。

以前說得一口流利的法文，現在已經全忘光了。

4

年を取ると以前簡単にできたことがだんだん難しくなってくる。

to.shi.o.to.ru.to.i.ze.n.ka.n.ta.n.ni.de.ki.ta.ko.to.ga.da.n.da.n.mu.zu.ka.shi.ku.na.t.te.ku.ru。

年紀一大，以前輕而易舉的事，現在越來越困難了。

5

以前来たときはこんな立派な駅ではなかった。

i.ze.n.ki.ta.to.ki.wa.ko.n.na.ri.p.pa.na.e.ki.de.wa.na.ka.t.ta。

以前來的時候，並不是這麼完善漂亮的車站。

この前

ko.no.ma.e.

053

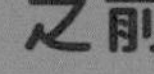

正式場合

日常用語

1

これ、この前台湾で買ってきたおみやげです。

ko.re、ko.no.ma.e.ta.i.wa.n.de.ka.t.te.ki.ta.o.mi.ya.ge.de.su。

這個是之前在台灣買的土產。

2

この前渋谷で柿沢くんと森山さんを見かけた。

ko.no.ma.e.shi.bu.ya.de.ka.ki.za.wa.ku.n.to.mo.ri.ya.ma.sa.n.o.mi.ka.ke.ta。

之前在澀谷看到柿澤先生和森山小姐。

3

たしかこの前も同じ夢を見たなあ。

ta.shi.ka.ko.no.ma.e.mo.o.na.ji.yu.me.o.mi.ta.na.a。

好像之前也做了同樣的夢。

4

ついこの前まで元気だった祖母が、ぽっくり逝ってしまった。

tsu.i.ko.no.ma.e.ma.de.ge.n.ki.da.t.ta.so.bo.ga、po.k.ku.ri.i.t.te.shi.ma.t.ta。

之前都一直都很健康的祖母，突然去世了。

5

この前借りた本、読み終えたから明日持ってくるね。

ko.no.ma.e.ka.ri.ta.ho.n、yo.mi.o.e.ta.ka.ra.a.shi.ta.mo.t.te.ku.ru.ne。

之前跟你借的書已經讀完了，明天帶來還你喔！

先頃

さきごろ

sa.ki.go.ro.

054

前陣子

正式場合

1

これが先頃発売されたばかりのUVケアシリーズです。

ko.re.ga.sa.ki.go.ro.ha.tsu.ba.i.sa.re.ta.ba.ka.ri.no.u.v.ke.a.shi.ri.i.zu.de.su。

這是前陣子才剛上市的抗UV系列。

2

先頃放送されたバナナダイエット番組で、今大変なバナナブームが起こっています。

sa.ki.go.ro.ho.o.so.o.sa.re.ta.ba.na.na.da.i.e.t.to.ba.n.gu.mi.de、i.ma.ta.i.he.n.na.ba.na.na.bu.u.mu.ga.o.ko.t.te.i.ma.su。

因為前陣子播放的香蕉瘦身節目，現在掀起了一陣香蕉熱潮。

3

先頃別れたばかりのもとつまとばったり会ってしまった。

sa.ki.go.ro.wa.ka.re.ta.ba.ka.ri.no.mo.to.tsu.ma.to.ba.t.ta.ri.a.t.te.shi.ma.t.ta。

前陣子不小心碰見了剛離婚的前妻。

4

大森さんは先頃あまりこちらにはお見えになりません。

o.o.mo.ri.sa.n.wa.sa.ki.go.ro.a.ma.ri.ko.chi.ra.ni.wa.o.mi.e.ni.na.ri.ma.se.n。

前陣子都沒在這裡見到大森先生。

5

先頃大型の台風で被害を受けた町の様子をリポートします。

sa.ki.go.ro.o.o.ga.ta.no.ta.i.fu.u.de.hi.ga.i.o.u.ke.ta.ma.chi.no.yo.o.su.o.ri.po.o.to.shi.ma.su。

為您報導前陣子因強烈颱風而受害的市容。

先日

se.n.ji.tsu.

前幾天、前陣子

彼女ならつい先日こちらに来られました。

ka.no.jo.na.ra.tsu.i.se.n.ji.tsu.ko.chi.ra.ni.ko.ra.re.ma.shi.ta。

你說的那位女士前幾天有來過。

先日出張で京都に行って来ました。

se.n.ji.tsu.shu.c.cho.o.de.kyo.o.to.ni.i.t.te.ki.ma.shi.ta。

前幾天剛從京都出差回來。

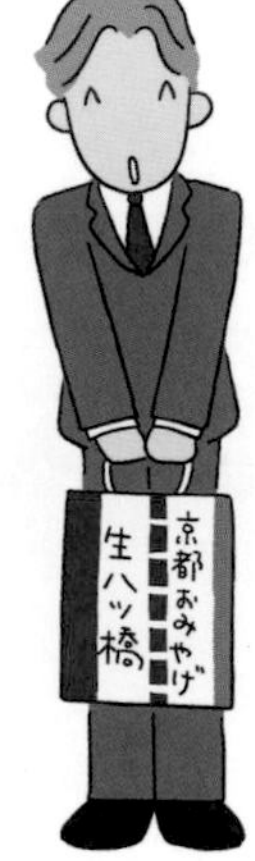

先日は結構なものをいただきまして、どうもありがとうございました。

se.n.ji.tsu.wa.ke.k.ko.o.na.mo.no.o.i.ta.da.ki.ma.shi.te、do.o.mo.a.ri.ga.to.o.go.za.i.ma.shi.ta。

前幾天收到這麼好的禮物，真是謝謝您。

4

先日は大変お世話になりました。

se.n.ji.tsu.wa.ta.i.he.n.o.se.wa.ni.na.ri.ma.shi.ta。

前陣子真是承蒙您關照了。

來對話吧！

はい、サクラホテルでございます。

ha.i、sa.ku.ra.ho.te.ru.de.go.za.i.ma.su。

您好，這裡是SAKURA飯店。

先日そちらに泊まった者ですが、指輪の落とし物はありませんでしたか？

se.n.ji.tsu.so.chi.ra.ni.to.ma.t.ta.mo.no.de.su.ga、yu.bi.wa.no.o.to.shi.mo.no.wa.a.ri.ma.se.n.de.shi.ta.ka?

我是前幾天的房客，請問有沒有撿到我遺失的戒指？

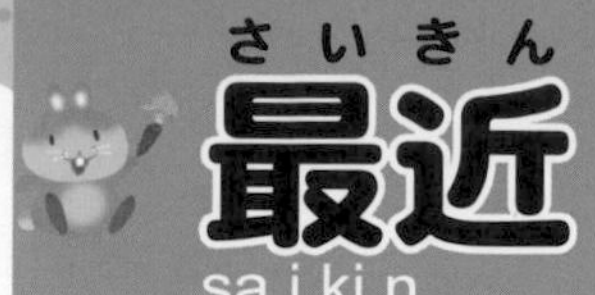

最近

さいきん

sa.i.ki.n.

最近

1

最近なにか変わったことあった？

sa.i.ki.n.na.ni.ka.ka.wa.t.ta.
ko.to.a.t.ta?

最近有沒有什麼新鮮事？

2

最近台湾で流行っているものはなんですか？

sa.i.ki.n.ta.i.wa.n.de.ha.ya.t.te.i.ru.mo.
no.wa.na.n.de.su.ka?

最近台灣在流行什麼東西？

3

最近ではもうこういう服は流行らない。

sa.i.ki.n.de.wa.mo.o.ko.o.i.u.fu.ku.wa.ha.ya.ra.na.i。

最近不流行這種衣服。

4

最近肩こりがひどくて、
マッサージ店に行ってみようかな。

sa.i.ki.n.ka.ta.ko.ri.ga.hi.do.ku.te、ma.s.sa.a.ji.te.n.ni.i.t.te.mi.yo.o.ka.na。

最近肩膀僵硬得很嚴重，
想去按摩店試看看。

5

ここ最近顔を見せなかったから、
体調でも崩したんじゃないかと
みんなで心配していたところだよ。

ko.ko.sa.i.ki.n.ka.o.o.mi.se.na.ka.t.ta.ka.ra、ta.i.cho.o.de.mo.ku.zu.shi.ta.n.ja.na.i.ka.to.mi.n.na.de.shi.n.pa.i.shi.te.i.ta.to.ko.ro.da.yo。

最近都沒見到你，大家都很擔心你是不是身體不舒服。

たった今（いま）

ta.t.ta.i.ma.

剛才

1

望月（もちつき）さんならたった今（いま）そのあたりにいたんですが。

mo.chi.zu.ki.sa.n.na.ra.ta.t.ta.i.ma.so.no.a.ta.ri.ni.i.ta.n.de.su.ga。

望月小姐剛才還在那邊

2

京都行（きょうとい）きのバスはたった今出発（いましゅっぱつ）したところです。

kyo.o.to.i.ki.no.ba.su.wa.ta.t.ta.i.ma.shu.p.pa.tsu.shi.ta.to.ko.ro.de.su。

往京都的巴士才剛出發。

3

3日間（みっかかん）にわたるイベントが、たった今開幕（いまかいまく）しました！

mi.k.ka.ka.n.ni.wa.ta.ru.i.be.n.to.ga、ta.t.ta.i.ma.ka.i.ma.ku.shi.ma.shi.ta

為期3天的活動剛開幕！

④

たった今禁煙を誓ったばかりなのに、無意識にまた吸ってしまった。

ta.t.ta.i.ma.ki.n.e.n.o.chi.ka.t.ta.ba.ka.ri.na.no.ni、mu.i.shi.ki.ni.ma.ta.su.t.te.shi.ma.t.ta。

才剛發誓要戒煙，不知不覺地又抽了起來。

來對話吧！

たった今まで掛けていた眼鏡が見あたらない！

ta.t.ta.i.ma.ma.de.ka.ke.te.i.ta.me.ga.ne.ga.mi.a.ta.ra.na.i！

剛才還戴著的眼鏡現在就找不到了。

おかあさん、頭の上。

o.ka.a.sa.n、a.ta.ma.no.u.e。

媽媽，在頭上。

今しがた

i.ma.shi.ga.ta.

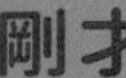

剛才

1

ついいましがたなかやまさんが

つい今しがた中山さんが
お見えになりました。

tsu.i.i.ma.shi.ga.ta.na.ka.ya.ma.sa.n.ga.o.mi.e.ni.na.ri.ma.shi.ta。

剛才中山先生有來過。

2

つい今しがた
この荷物が届きました。

tsu.i.i.ma.shi.ga.ta.ko.no.ni.mo.tsu.ga.to.do.ki.ma.shi.ta。

行李剛才終於送到了。

3

今(いま)しがたテレビを付(つ)けると、
大変(たいへん)なニュースを報道(ほうどう)していた。

i.ma.shi.ga.ta.te.re.bi.o.tsu.ke.ru.to、ta.i.he.n.na.nyu.u.su.o.ho.o.do.o.shi.te.i.ta。

才剛開電視，就在報導慘烈的新聞。

4

お子(こ)さんはつい今(いま)しがた帰(かえ)られたところですよ。

o.ko.sa.n.wa.tsu.i.i.ma.shi.ga.ta.ka.e.ra.re.ta.to.ko.ro.de.su.yo。

妳的小孩才剛回家喔！

5

今(いま)しがたまで降(ふ)っていた雨(あめ)も上(あ)がり、
空(そら)には虹(にじ)が架(か)かっている。

i.ma.shi.ga.ta.ma.de.fu.t.te.i.ta.a.me.mo.a.ga.ri、so.ra.ni.wa.ni.ji.ga.ka.ka.t.te.i.ru。

雨剛停，天空掛著一道彩虹。

先ほど

sa.ki.ho.do.

剛才

1

もしもし、先ほどお電話いたしました
花丸商事の白井です。

mo.shi.mo.shi、sa.ki.ho.do.o.de.n.wa.i.ta.shi.ma.shi.
ta.ha.na.ma.ru.sho.o.ji.no.shi.ra.i.de.su。

喂，我是剛才致電給您的花丸商社的白井。

2

つい先ほど白井さんから
お電話がありました。

tsu.i.sa.ki.ho.do.shi.ra.i.sa.n.ka.
ra.o.de.n.wa.ga.a.ri.ma.shi.ta。

剛才接到白井先生的來電。

3

先ほどは大変失礼いたしました。

sa.ki.ho.do.wa.ta.i.he.n.shi.tsu.re.i.ta.shi.ma.shi.ta。

剛才真是失禮了。

4

先ほど弟さんをお見かけしましたよ。

sa.ki.ho.do.o.to.o.to.sa.n.o.mi.ka.ke.shi.ma.shi.ta.yo。

剛剛有看到你弟弟喔！

5

番組の途中ですが、ここで先ほど入ったニュースをお知らせいたします。

ba.n.gu.mi.no.to.chu.u.de.su.ga、ko.ko.de.sa.ki.ho.do.ha.i.t.ta.nyu.u.su.o.o.shi.ra.se.i.ta.shi.ma.su。

很抱歉在節目中，為您插播一則即時新聞。

さっき

sa.k.ki.

剛剛

日常用語

1

さっき起(お)きたばかりで、
まだ頭(あたま)がぼーっとしている。

sa.k.ki.o.ki.ta.ba.ka.ri.de、ma.da.a.ta.ma.ga.bo.o.t.to.shi.te.i.ru。

剛剛才起床，腦筋還在一片空白。

2

さっき先生(せんせい)が呼(よ)んでたよ。

sa.k.ki.se.n.se.i.ga.yo.n.de.ta.yo。

剛才老師有找妳喔！

3

さっきから誰(だれ)かに後(うしろ)をつけられている。

sa.k.ki.ka.ra.da.re.ka.ni.u.shi.ro.o.tsu.ke.ra.re.te.i.ru。

不知道是誰從剛才就一直跟蹤我。

4

これ、さっきそこで拾（ひろ）ったんですけど。

ko.re、sa.k.ki.so.ko.de.hi.ro.t.ta.n.de.su.ke.do。

我剛剛在那裡撿到這個。

來對話吧！

どうしたの？ついさっき出掛（でか）けたと思（おも）ったら、もう帰（かえ）って来（き）て。

do.o.shi.ta.no？tsu.i.sa.k.ki.de.ka.ke.ta.to.o.mo.t.ta.ra、mo.o.ka.e.t.te.ki.te。

怎麼了？才想說你剛出門，結果馬上就回來了。

ふ～危（あぶ）ない危（あぶ）ない、せっかく徹夜（てつや）で仕上（しあ）げた宿題（しゅくだい）を忘（わす）れるところだった。

fu~a.bu.na.i.a.bu.na.i、se.k.ka.ku.te.tsu.ya.de.shi.a.ge.ta.shu.ku.da.i.o.wa.su.re.ru.to.ko.ro.da.t.ta。

呼～好險好險，差點忘了好不容易熬夜做完的作業。

ただ今(いま)

ta.da.i.ma.

MP3 061

現在

正式場合

1

ただ今時刻(いまじこく)は
9時(くじ)３０分(さんじゅっぷん)を回(まわ)りました。

ta.da.i.ma.ji.ko.ku.wa.ku.ji.sa.n.ju.p.pu.n.o.ma.wa.ri.ma.shi.ta。

時間現在來到了9點30分。

2

はい、林(はやし)です。
ただ今留守(いまるす)にしております。
発信音(はっしんおん)の後(あと)にお名前(なまえ)とご用件(ようけん)を
お話(はな)しください。(留守番電話(るすばんでんわ))

ha.i、ha.ya.shi.de.su。ta.da.i.ma.ru.su.ni.shi.te.o.ri.ma.su。ha.s.shi.n.o.n.no.a.to.ni.o.na.ma.e.to.go.yo.o.ke.n.o.o.ha.na.shi.ku.da.sa.i。(ru.su.ba.n.de.n.wa)

喂，我是林。現在不在家。請在嗶聲後留下您的姓名和留言。

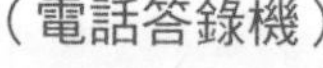
（電話答錄機）

3

すみません、メニューをください。

su.mi.ma.se.n、me.nyu.u.o.ku.da.sa.i。

不好意思，請給我菜單。

はい、ただ今。

ha.i、ta.da.i.ma。

好的，馬上來。

4

ではここで浜田さんからひと言お願いします。

de.wa.ko.ko.de.ha.ma.da.sa.n.ka.ra.hi.to.ko.to.o.ne.ga.i.shi.ma.su。

那麼現在請濱田小姐來為我們說幾句話。

ただ今ご紹介に預かりました浜田と申します。

ta.da.i.ma.go.sho.o.ka.i.ni.a.zu.ka.ri.ma.shi.ta.ha.ma.da.to.mo.o.shi.ma.su。

我是剛剛承蒙介紹的濱田。

注意！

ただ今 不只用在「現在」，也用在「離現在時間很近的過去」。

目下
もっか

mo.k.ka.

目前

1

もっか ゆくえ ふめいしゃ そうさくちゅう
目下行方不明者を捜索中です。

mo.k.ka.yu.ku.e.fu.me.i.sha.o.so.o.sa.ku.chu.u.de.su。

目前正在搜尋下落不明的人。

2

たいふうじゅうさんごう もっか
台風１３号は目下
かごしまおき ほくじょうちゅう
鹿児島沖を北上中です。

ta.i.fu.u.ju.u.sa.n.go.o.wa.mo.k.ka.ka.go.shi.ma.o.ki.o.ho.ku.jo.o.chu.u.de.su。

13號颱風目前正從鹿兒島附近海域往北推進中。

3

目下の悩みは、忙しすぎてなかなか恋人と会えないこと。

mo.k.ka.no.na.ya.mi.wa、i.so.ga.shi.su.gi.te.na.ka.na.ka.ko.i.bi.to.to.a.e.na.i.ko.to。

目前的煩惱就是太過忙碌根本沒有時間跟男朋友見面！

4

おしゃれなレインブーツが
目下人気急増中！

o.sha.re.na.re.i.n.bu.u.tsu.ga.mo.k.ka.
ni.n.ki.kyu.u.zo.o.chu.u！

時髦的雨靴目前人氣急速攀升！

目下 給人現在正進行什麼的感覺。常用於新聞解說、雜誌或廣告等。

今頃（いまごろ）

i.ma.go.ro.

現在、這時候

1

いまごろかれ
今頃彼はなにをしているのかな？

i.ma.go.ro.ka.re.wa.na.ni.o.shi.te.i.ru.no.ka.na?

這時候他在做什麼呢？

2

あした　いまごろ　き
明日の今頃また来てください。

a.shi.ta.no.i.ma.go.ro.ma.ta.ki.te.ku.da.sa.i。

明天的這個時候請再過來一趟。

3

今頃謝りに来ても、もう許してしてあげない！

i.ma.go.ro.a.ya.ma.ri.ni.ki.te.mo、
mo.o. yu.ru.shi.te.a.ge.na.i！

就算現在來道歉，也不會原諒你！

4

そちらでは今頃桜がきれいでしょうね。

so.chi.ra.de.wa.i.ma.go.ro.sa.ku.ra.
ga.ki.re.i.de.sho.o.ne。

現在妳那邊的櫻花開得很美吧。

注意！

除了現在正在進行什麼的用法外，如同例句中「跟現在差不多的時間（季節）」的用法，也會與過去式、未來式搭配使用，例如：「明年的」、「下週的」、「下個月的」、「上個月的」等之類具體表現時間的字眼。

- **去年の今頃はもうこたつを出していた。**
  kyo.ne.n.no.i.ma.go.ro.wa.mo.o.ko.ta.tsu.o.da.shi.te.i.ta。
  去年的這個時候已經拿出暖桌了。
- **來週の今頃はフランスにいるのね。**
  ra.i.shu.u.no.i.ma.go.ro.wa.fu.ra.n.su.ni.i.ru.no.ne。
  下週的這時候已經在法國了吧！

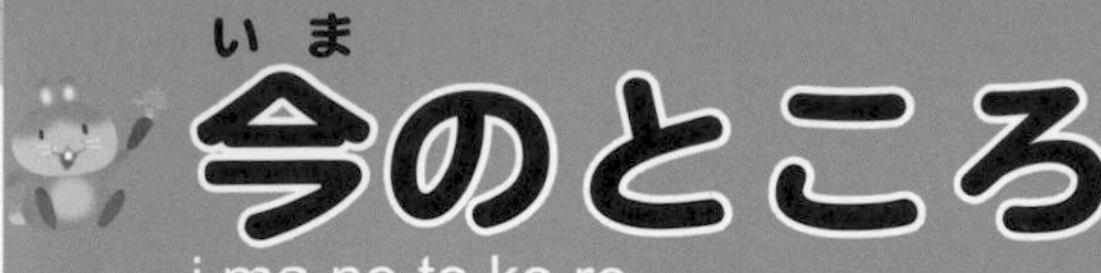

今(いま)のところ

i.ma.no.to.ko.ro.

MP3 064

目前

正式場合

日常用語

1

今(いま)のところまだ再婚(さいこん)する気(き)にはなれません。

i.ma.no.to.ko.ro.ma.da.sa.i.ko.n.su.ru.ki.ni.wa.na.re.ma.se.n。

目前根本沒心情再婚。

2

今(いま)のところまだ禿(は)げていない。

i.ma.no.to.ko.ro.ma.da.ha.ge.te.i.na.i。

目前還沒禿。

3

今(いま)のところ計画(けいかく)は順調(じゅんちょう)に進(すす)んでいる。

i.ma.no.to.ko.ro.ke.i.ka.ku.wa.ju.n.cho.o.ni.su.su.n.de.i.ru。

目前計畫正在順利進行。

4

今のところ特に問題なく留学生活を楽しんでいます。

i.ma.no.to.ko.ro.to.ku.ni.mo.n.da.i.na.ku.ryu.u.ga.ku.se.i.ka.tsu.o.ta.no.shi.n.de.i.ma.su。

目前沒有什麼大問題正在享受留學生活。

來對話吧！

なにか手伝うことあったら遠慮なく言ってね。

na.ni.ka.te.tsu.da.u.ko.to.ga.a.t.ta.ra.e.n.ryo.na.ku.i.t.te.ne。

如果需要幫忙的話，請不要客氣，告訴我喔！

ありがとう。今のところ大丈夫よ。

a.ri.ga.to.o。i.ma.no.to.ko.ro.da.i.jo.o.bu.yo。

謝謝。目前還可以。

とりあえず

to.ri.a.e.zu.

先…

（在居酒屋）

1

とりあえずビール！

to.ri.a.e.zu.bi.i.ru！

先上啤酒！

2

今日（きょう）のところは

とりあえずこれくらいにしておこう。

kyo.o.no.to.ko.ro.wa.to.ri.a.e.zu.ko.re.ku.ra.
i.ni.shi.te.o.ko.o。

今天就先到這邊為止吧！

3

疲れた～。
帰ったらとりあえず寝たい。

tsu.ka.re.ta~。
ka.e.t.ta.ra.to.ri.a.e.zu.ne.ta.i。

好累～。

回去就想直接先睡了。

4

まだ行けるかどうかわかりませんが、
とりあえず参加にしておきます。

ma.da.i.ke.ru.ka.do.o.ka.wa.ka.ri.ma.se.n.ga、
to.ri.a.e.zu.sa.n.ka.ni.shi.te.o.ki.ma.su。

還不知道能不能去，

但先當作記名參加好了。

- **とりあえずビール！：**先上啤酒！
  to.ri.a.e.zu.bi.i.ru!

幾乎是日本人去居酒屋等地方時，一開始點餐就會說的固定台詞。

ひとまず

hi.to.ma.zu.

先…

正式場合 日常用語

1

歩(ある)き疲(つか)れたね。
ひとまずどこかで休(やす)もう。

a.ru.ki.tsu.ka.re.ta.ne。hi.to.ma.zu.
do.ko.ka.de.ya.su.mo.o。

走累了。先找個地方休息一下吧！

2

就職(しゅうしょく)おめでとう。
これでひとまず安心(あんしん)ですね。

shu.u.sho.ku.o.me.de.to.o。ko.re.de.hi.
to.ma.zu.a.n.shi.n.de.su.ne。

恭喜找到工作了。
這下可以先鬆一口氣了吧！

3

ここはひとまず引(ひ)き上(あ)げよう！
ko.ko.wa.hi.to.ma.zu.hi.ki.a.ge.yo.o！
先把這個拖上去吧！

4

ひとまず元(もと)の場所(ばしょ)に戻(もど)ったほうがいい。

hi.to.ma.zu.mo.to.no.ba.sho.ni.
mo.do.t.ta.ho.o.ga.i.i。

還是先回到原點比較好。

來對話吧！

聚會後

一次会(いちじかい)はひとまずここで解散(かいさん)です！

i.chi.ji.ka.i.wa.hi.to.ma.zu.ko.ko.de.ka.i.sa.n.de.su！

聚餐先在這裡解散！

この後(あと)二次会(にじかい)に行(い)く人(ひと)、手(て)を挙(あ)げて！

ko.no.a.to.ni.ji.ka.i.ni.i.ku.hi.to、te.o.a.ge.te！

之後要去續攤的人舉手！

注意！

「とりあえず」、「ひとまず」用來表示和其他的事有區隔，有現在以此為優先的意思。

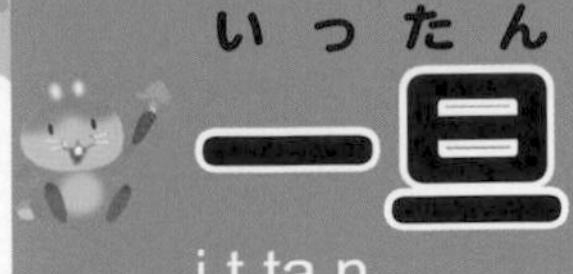

i.t.ta.n.

MP3 067

暫時、一下

正式場合 日常用語

1

作業を一旦中断して、
機械を点検します。

sa.gyo.o.o.i.t.ta.n.chu.u.da.n.shi.te、
ki.ka.i.o.te.n.ke.n.shi.ma.su。

作業先暫停一下，
進行機械檢查。

2

車はここで一旦停止しなくてはならない。

ku.ru.ma.wa.ko.ko.de.i.t.ta.n.te.i.shi.shi.na.ku.te.wa.na.ra.na.i。

車子得在這裡暫停一下。

③

この辺で一旦休憩しましょう。

ko.no.he.n.de.i.t.ta.n.kyu.u.ke.i.shi.ma.sho.o。

到這邊先休息一下。

④

雨は一旦弱まったが、また強くなった。

a.me.wa.i.t.ta.n.yo.wa.ma.t.ta.ga、ma.ta.tsu.yo.ku.na.t.ta。

雨勢才趨緩一下，又變大了。

注意！

一旦有「暫時」的意思。也有「一下」的意思。

時態篇1

・たった今(いま)：剛剛　・今(いま)：現在、現在馬上就…

你常聽到「今(いま)」、「たった今(いま)」，因為都有「今(いま)」所以就認為都是「現在」的意思嗎？其實並不然喔！日語的「今(いま)」使用範圍可廣了！可以表示剛剛（較近的過去）、現在（進行中的持續狀態）、現在馬上（不久後的未來）。不知道怎麼使用嗎？看下去就知道囉！

① たった今(いま)
ta.t.ta.i.ma
剛才

較近的過去

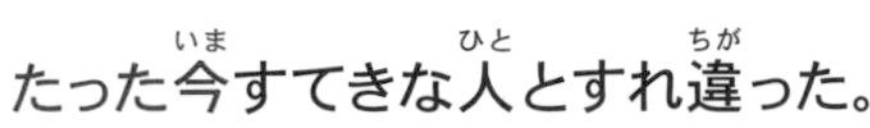

たった今(いま)すてきな人(ひと)とすれ違(ちが)った。
ta.t.ta.i.ma.su.te.ki.na.hi.to.to.su.re.chi.ga.t.ta。
剛才跟一個很帥的人擦肩而過。

たった今(いま)売(う)り切(き)れたところです。
ta.t.ta.i.ma.u.ri.ki.re.ta.to.ko. ro.de.su。
才剛賣完。

いま
今
i.ma
現在

現在

いまつく　さいちゅう
今作っている最中です。
i.ma.tsu.ku.t.te.i.ru.sa.i.chu.u.de.su。
現在正在做。

いましあわ
今幸せいっぱい。
i.ma.shi.a.wa.se.i.p.pa.i。
現在很幸福。

③ 今（いま） i.ma 現在馬上

較近的未來

今（いま）行（い）くからちょっと待（ま）ってて。

i.ma.i.ku.ka.ra.cho.t.to.ma.t.te.te

我現在馬上去，再等一下。

わかったわかった、
今（いま）やるからそんなにうるさく言（い）わないで。

wa.ka.t.ta.wa.ka.t.ta、i.ma.ya.ru.ka.ra.so.n.na.ni.u.ru.sa.ku.i.wa.na.i.de。

我知道了、我知道了，我現在馬上做，不要那麼囉嗦。

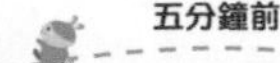

五分鐘前　現在　五分鐘內

たった今 剛剛　今 現在　今 馬上

照樣造句小試身手（一）

たった今（いま）
ta.t.ta.i.ma
剛才

たった今（いま）売（う）り切（き）れたところです。
ta.t.ta.i.ma.u.ri.ki.re.ta.to.ko. ro.de.su。
才剛賣完。

\ 換你囉 /

照樣造句小試身手（二）

今（いま）
i.ma
現在

今（いま）幸（しあわ）せいっぱい。
i.ma.shi.a.wa.se.i.p.pa.i。
現在很幸福。

\ 換你囉 /

照樣造句小試身手（三）

今（いま）
i.ma
現在馬上

今（いま）行（い）くからちょっと待（ま）ってて。
i.ma.i.ku.ka.ra.cho.t.to.ma.t.te.te
我現在馬上去，再等一下。

\ 換你囉 /

今(いま)にも

i.ma.ni.mo.

馬上、眼看就…

1

今(いま)にも降(ふ)り出(だ)しそうな
怪(あや)しい雲行(くもゆ)きだなあ。

i.ma.ni.mo.fu.ri.da.shi.so.o.na.
a.ya.shi.i.ku.mo.yu.ki.da.na.a。

看那奇怪的雲象好像馬上就要下雨了。

2

母親(ははおや)に叱(しか)られて今(いま)にも
泣(な)き出(だ)しそうな子(こ)ども。

ha.ha.o.ya.ni.shi.ka.ra.re.te.i.ma.
ni.mo.na.ki.da.shi.so.o.na.ko.do.mo。

被媽媽罵，眼看就要哭出來
的小孩。

3

今(いま)にも倒(たお)れそうなマラソンランナー。

i.ma.ni.mo.ta.o.re.so.o.na.ma.ra.so.n.ra.n.na.a。

眼看就要昏倒的馬拉松選手。

4

父(ちち)は今(いま)にも壊(こわ)れそうな車(くるま)に乗(の)っている。

chi.chi.wa.i.ma.ni.mo.ko.wa.re.so.o.na.ku.ru.ma.ni.no.t.te.i.ru。

爸爸開著眼看就要壞掉的車。

5

その紙袋(かみぶくろ)、今(いま)にも破(やぶ)れそうですよ。

so.no.ka.mi.bu.ku.ro、i.ma.ni.mo.ya.bu.re.so.o.de.su.yo。

那個紙袋，就快破了喔！

まもなく

ma.mo.na.ku.

即將…

1

まもなく1番線(いちばんせん)に電車(でんしゃ)が参(まい)ります。

ma.mo.na.ku.i.chi.ba.n.se.n.ni.de.n.sha.ga.ma.i.ri.ma.su。

1號月台有電車即將進站。

2

まもなく桜(さくら)の季節(きせつ)が訪(おとず)れます。

ma.mo.na.ku.sa.ku.ra.no.ki.se.tsu.ga.o.to.zu.re.ma.su。

櫻花季即將到來。

3

まもなく受験（じゅけん）シーズン、みんな体調万全（たいちょうばんぜん）でがんばるように！

ma.mo.na.ku.ju.ke.n.shi.i.zu.n、mi.n.na.
ta.i.cho.o.ba.n.ze.n.de.ga.n.ba.ru.yo.o.ni！

就要到考試的季節，希望大家可以身強體健地好好為考試加油！

來對話吧！

あれ？高崎（たかさき）さんはまだですか？

a.re？ta.ka.sa.ki.sa.n.wa.ma.da.de.su.ka？

咦？高崎小姐還沒到嗎？

もうまもなく来（く）ると思（おも）いますよ。

mo.o.ma.mo.na.ku.ku.ru.to.o.mo.i.ma.su.yo。

我想就快來了。

もうすぐ

mo.o.su.gu.

即將、就快…

1

もうすぐクリスマス、
楽（たの）しみだな～。

mo.o.su.gu.ku.ri.su.ma.su、
ta.no.shi.mi.da.na.a~。

聖誕節就快來了，
真期待～。

2

もうすぐトイレだから、我慢（がまん）するのよ。

mo.o.su.gu.to.i.re.da.ka.ra、ga.ma.n.su.ru.no.yo。

廁所就快到了，忍耐一下。

3

もうすぐ夕(ゆう)ご飯(はん)だから、
そろそろ仕事(しごと)を片付(かたづ)けよう。

mo.o.su.gu.yu.u.go.ha.n.da.ka.ra、
so.ro.so.ro.shi.go.to.o.ka.ta.zu.ke.yo.o。

就快吃晚餐了，工作也該告一段落了。

4

もうすぐご出産(しゅっさん)ですね。

mo.o.su.gu.shu.s.sa.n.de.su.ne。

就快要生了呢！

5

妹(いもうと)はもうすぐ20歳(はたち)になります。

i.mo.o.to.wa.mo.o.su.gu.ha.ta.chi.ni.na.
ri.ma.su。

妹妹就快要滿20歲了。

いよいよ

i.yo.i.yo.

終於要…

1

いよいよ決勝（けっしょう）だ。みんながんばろう！

i.yo.i.yo.ke.s.sho.o.da。mi.n.na.ga.n.ba.ro.o！

終於要決賽了。大家加油！

2

大幅（おおはば）プライスダウンの高級（こうきゅう）バッグ、いよいよ残（のこ）り3個（さんこ）になりました！

o.o.ha.ba.pu.ra.i.su.da.u.n.no.ko.o.kyu.u.ba.g.gu、i.yo.i.yo.no.ko.ri.sa.n.ko.ni.na.ri.ma.shi.ta！

大降價的名牌包終於剩下最後3個了！

③

いよいよ日本(にほん)へ旅立(たびだ)つ日(ひ)が来(き)た。

i.yo.i.yo.ni.ho.n.e.ta.bi.da.tsu.hi.ga.ki.ta。

終於到了要前往日本旅行的這天。

④

一人娘(ひとりむすめ)がいよいよ結婚(けっこん)することになって、親(おや)としてはうれしいやらさみしいやらです。

hi.to.ri.mu.su.me.ga.i.yo.i.yo.ke.k.ko.n.su.ru.ko.to.ni.na.t.te、o.ya.to.shi.te.wa.u.re.shi.i.ya.ra.sa.mi.shi.i.ya.ra.de.su。

獨生女終於要結婚了，身為父母覺得又高興又寂寞。

いよいよ 是強調某件事開始、結束、進行的時間緊迫，情緒高漲的樣子。

もうじき

mo.o.ji.ki.

馬上…、就快…、即將…

正式場合 日常用語

1

もうじき退院(たいいん)ですね。

mo.o.ji.ki.ta.i.i.n.de.su.ne。

就快出院了。

2

あの子(こ)ももうじきこの家(いえ)を出(で)て行(い)ってしまうんだね。

a.no.ko.mo.mo.o.ji.ki.ko.no.i.e.o.de.te.i.t.te.shi.ma.u.n.da.ne。

那孩子馬上就要離開家了呢！

③

もうじき富士山の頂上から朝日が昇ります。

mo.o.ji.ki.fu.ji.sa.n.no.cho.o.jo.o.ka.ra.a.sa.hi.ga.no.bo.ri.ma.su。

太陽就快從富士山的山頂昇上來了。

④

もうじき新しいバージョンのゲームソフトが発売される。

mo.o.ji.ki.a.ta.ra.shi.i.ba.a.jo.n.no.ge.e.mu.so.fu.to.ga.ha.tsu.ba.i.sa.re.ru。

新版的遊戲軟體就快開始發售了。

⑤

寒さも緩み、もうじき春が訪れようとしています。

sa.mu.sa.mo.yu.ru.mi、mo.o.ji.ki.ha.ru.ga.o.to.zu.re.yo.o.to.shi.te.i.ma.su。

寒意漸趨和緩，感覺春天就快來了。

じきに

ji.ki.ni.

MP3 073

很快、立刻

1

こんな傷(きず)、じきに治(なお)るから心配(しんぱい)ないよ。

ko.n.na.ki.zu、ji.ki.ni.na.o.ru.ka.ra.
shi.n.pa.i.i.na.i.yo。

這種傷很快就會好了，不用擔心。

2

人(ひと)の名前(なまえ)を聞(き)いても、じきに忘(わす)れてしまう。

hi.to.no.na.ma.e.o.ki.i.te.mo、ji.ki.ni.
wa.su.re.te.shi.ma.u。

就算問了人家的名字，也馬上就忘了。

3

今(いま)ヒーターを入(い)れたから、じきに暖(あたた)かくなるよ。

i.ma.hi.i.ta.a.o.i.re.ta.ka.ra、ji.ki.ni.
a.ta.ta.ka.ku.na.ru.yo。

已經開了暖氣很快就會暖和了。

4

今(いま)は子育(こそだ)てが大変(たいへん)でも、子(こ)どもはじきに大(おお)きくなるものです。

i.ma.wa.ko.so.da.te.ga.ta.i.he.n.de.mo、ko.do.mo.wa.ji.ki.ni.o.o.ki.ku.na.ru.mo.no.de.su。

照顧小孩雖然很辛苦，但是孩子很快就會長大了喔！

來對話吧！

こういう仕事(しごと)は初(はじ)めてなので、とても緊張(きんちょう)しています。

ko.o.i.u.shi.go.to.wa.ha.ji.me.te.na.no.de、to.te.mo.ki.n.cho.o.shi.te.ma.su。

因為是第一次做這種工作，所以我很緊張。

じきに慣(な)れますよ。

ji.ki.ni.na.re.ma.su.yo。

很快就會習慣了。

そろそろ

so.ro.so.ro.

074

差不多該…

1

ではそろそろ行(い)きましょうか。

de.wa.so.ro.so.ro.i.ki.ma.sho.o.ka

那麼差不多該走了吧。

2

ぼくたち、つきあい始(はじ)めてもう5年(ごねん)になるんだね。
そろそろ結婚(けっこん)しようか。

bo.ku.ta.chi、tsu.ki.a.i.ha.ji.me.te.mo.o.go.ne.n.ni.na.ru.n.da.ne。
so.ro.so.ro.ke.k.ko.n.shi.yo.o.ka。

我們從開始交往到現在快5年了呢！

差不多該結婚了吧！

③

そろそろ3時(さんじ)か。

おやつにしましょう！

so.ro.so.ro.sa.n.ji.ka。
o.ya.tsu.ni.shi.ma.sho.o！

差不多要3點了耶！來吃點心吧！

④

もうこんな時間(じかん)。

そろそろおいとましなくては。

mo.o.ko.n.na.ji.ka.n。so.ro.so.ro.o.i.to.
ma.shi.na.ku.te.wa。

已經這麼晚了！差不多該告辭了。

⑤

そろそろ起(お)きないと、遅刻(ちこく)する。

so.ro.so.ro.o.ki.na.i.to、chi.ko.ku.su.ru。

差不多該起床了，不然會遲到。

あとで

a.to.de.

之後…、等等…

1

牛乳（ぎゅうにゅう）を飲（の）み過（す）ぎると、
あとでお腹（なか）を壊（こわ）すよ。

gyu.u.nyu.u.o.no.mi.su.gi.ru.to、
a.to.de.o.na.ka.o.ko.wa.su.yo。

牛奶喝太多的話，
等等鬧肚子疼喔！

2

またあとで電話（でんわ）するね。

ma.ta.a.to.de.de.n.wa.su.ru.ne。

等等再打給你。

3

今からやっておかないと、あとで大変なことになる。

i.ma.ka.ra.ya.t.te.o.ka.na.i.to、a.to.de.ta.i.he.n.na.ko.to.ni.na.ru。

不趁現在先做準備的話之後會很辛苦。

4

あとで聞いたところによると、あの時有名人が来ていたらしい。

a.to.de.ki.i.ta.to.ko.ro.ni.yo.ru.to、a.no.to.ki.yu.u.me.i.ji.n.ga.ki.te.i.ta.ra.shi.i。

之後聽人家說，當時有個名人也去了那間餐廳。

在日常會話中，對於之後再見的親友，常以**「またあとで（ね）」**（待會見）代替**「さようなら」**（再見）。

- **「バイバイ！またあとでね！」**拜拜！再見！
  ba.i.ba.i！ma.ta.a.to.de.ne！

のちほど

no.chi.ho.do.

稍後、一會兒

1

そのことについては、
のちほど詳(くわ)しく説明(せつめい)します。

so.no.ko.to.ni.tsu.i.te.wa、no.chi.ho.do.
ku.wa.shi.ku.se.tsu.me.i.shi.ma.su。

關於那件事，稍後再詳細說明。

2

今(いま)ちょっと立(た)て込(こ)んでいるので、
またのちほど来(き)ていただけますか？

i.ma.cho.t.to.ta.te.ko.n.de.i.ru.no.de、ma.ta.no.
chi.ho.do.ki.te.i.ta.da.ke.ma.su.ka?

現在有點忙，可以請您稍後再來嗎？

3

詳細(しょうさい)については、
のちほどメールで送(おく)ります。

sho.o.sa.i.ni.tsu.i.te.wa、no.chi.ho.do.
me.e.ru.de.o.ku.ri.ma.su。

關於詳細內容，稍後以e-mail
的方式寄給您。

4

この書類(しょるい)にのちほど目(め)を
通(とお)してください。

ko.no.sho.ru.i.ni.no.chi.ho.do.me.o.
to.o.shi.te.ku.da.sa.i。

這份文件稍後請您過目。

5

ではまたのちほど。
de.wa.ma.ta.no.chi.ho.do。
那麼就一會兒見了。

近々（ちかぢか）

chi.ka.ji.ka.

MP3 077

不久

正式場合

1

近々（ちかぢか）3人目（さんにんめ）が産（う）まれます。

chi.ka.ji.ka.sa.n.ni.n.me.ga.u.ma.re.ma.su。

再過不久就要生第3胎了。

2

私（わたし）たち近々（ちかぢか）結婚（けっこん）することになりました。

wa.ta.shi.ta.chi.chi.ka.ji.ka.ke.k.ko.n.su.ru.ko.to.ni.na.ri.ma.shi.ta。

我們再過不久就要結婚了。

3

松本（まつもと）さん、近々（ちかぢか）会社（かいしゃ）をお辞（や）めになるって本当（ほんとう）ですか？

ma.tsu.mo.to.sa.n、chi.ka.ji.ka.ka.i.sha.o.o.ya.me.ni.na.ru.t.te.ho.n.to.o.de.su.ka？

松本小姐聽說妳不久就要辭職了嗎？

4

このあたりに近々(ちかぢか)ショッピングモールができるらしい。

ko.no.a.ta.ri.ni.chi.ka.ji.ka.sho.p.pi.n.gu.mo.o.ru.ga.de.ki.ru.ra.shi.i。

好像再過不久這邊即將要蓋一座購物中心。

來對話吧！

あなたには近々(ちかぢか)すてきな出会(であ)いがあるでしょう。

a.na.ta.ni.wa.chi.ka.ji.ka.su.te.ki.na.de.a.i.ga.a.ru.de.sho.o。

妳過不久就會有很美麗的邂逅。

3年連続(さんねんれんぞく)で同(おな)じことを言(い)われているんですが…。

sa.n.ne.n.re.n.zo.ku.de.o.na.ji.ko.to.o.i.wa.re.te.ru.n.de.su.ga…。

但是妳連續3年都跟我講一樣的話…。

そのうち

so.no.u.chi.

078

不久、之後、過幾天

正式場合 日常用語

1

そのうちできるようになるから、焦(あせ)らないで大丈夫(だいじょうぶ)だよ。

so.no.u.chi.de.ki.ru.yo.o.ni.na.ru.ka.ra、a.se.ra.na.i.de.da.i.jo.o.bu.da.yo。

不久後你就會習慣了，不需要著急沒關係。

2

そのうちここをおしゃれなカフェに改装(かいそう)するつもりです。

so.no.u.chi.ko.ko.o.o.sha.re.na.ka.fe.ni.ka.i.so.o.su.ru.tsu.mo.ri.de.su。

之後想要把這裡改裝成時髦的咖啡店。

③

そのうちどこかで
ランチでもしましょう。

so.no.u.chi.do.ko.ka.de.
ra.n.chi.de.mo.shi.ma.sho.o。

之後一起吃個午餐吧！

④

こんな擦(す)り傷(きず)、
放(ほう)っておけばそのうち治(なお)るよ。

ko.n.na.su.ri.ki.zu、
ho.o.t.te.o.ke.ba.so.no.u.chi.na.o.ru.yo。

這種擦傷，放著不管過幾天也會好。

⑤

これもそのうちなにかの役(やく)に立(た)つ
かもしれない。

ko.re.mo.so.no.u.chi.na.ni.ka.no.ya.ku.ni.ta.
tsu.ka.mo.shi.re.na.i。

這個可能之後會派上用場也不一定。

今に

i.ma.ni.

早晚…、遲早

1

さぼってばかりいると、今に後悔することになるよ。
sa.bo.t.te.ba.ka.ri.i.ru.to、i.ma.ni.ko.o.ka.i.su.ru.ko.to.ni.na.ru.yo。
老是蹺課遲早會後悔的。

2

今に見ていろ！
i.ma.ni.mi.te.i.ro！
早晚等著瞧吧！

3

今に見事に会社を
立て直してみせます。

i.ma.ni.mi.go.to.ni.ka.i.sha.o.
ta.te.na.o.shi.te.mi.se.ma.su。

早晚我會讓公司起死回生的。

4

このままだと今にメタボなオヤジに
なってしまう。

ko.no.ma.ma.da.to.i.ma.ni.me.ta.bo.na.o.ya.
ji.ni.na.t.te.shi.ma.u。

這樣下去早晚會變成得糖尿病的老頭。

5

うかうかしていると、
今に後輩に追い越されるよ。

u.ka.u.ka.shi.te.i.ru.to、
i.ma.ni.ko.o.ha.i.ni.o.i.ko.sa.re.ru.yo。

懶懶散散的遲早會被後起之秀超越。

いずれ

i.zu.re.

080

早晩、遲早…

1

いずれ景気（けいき）は回復（かいふく）するでしょう。

i.zu.re.ke.i.ki.wa.ka.i.fu.ku.su.ru.de.sho.o。

景氣早晚會恢復的。

2

悪事（あくじ）はいずればれる！

a.ku.ji.wa.i.zu.re.ba.re.ru！

你做的壞事遲早會被拆穿的！

3

いずれまたどこかでお会（あ）いしましょう。

i.zu.re.ma.ta.do.ko.ka.de.o.a.i.shi.ma.sho.o。

早晚會在某個地方遇到的。

4

誰(だれ)でもいずれは年老(としお)いる。

da.re.de.mo.i.zu.re.wa.to.shi.o.i.ru。

不管是誰遲早都會年華老去。

來對話吧！

ねえパパ、ママ、赤(あか)ちゃんはどこから来(く)るの？

ne.e.pa.pa、ma.ma、a.ka.cha.n.wa.do.ko.ka.ra.ku.ru.no？

爸爸、媽媽，嬰兒是從哪裡來的？

いずれわかる時(とき)が来(く)るよ。

i.zu.re.wa.ka.ru.to.ki.ga.ku.ru.yo。

妳早晚會知道的。

やがて

ya.ga.te.

不久、遲早

正式場合

1

あどけない子(こ)どももやがて大人(おとな)になっていく。

a.do.ke.na.i.ko.do.mo.mo.ya.ga.te.o.to.na.ni.na.t.te.i.ku。

天真的孩子不久也會長大成人。

2

ヘンデルとグレーテルが森(もり)の中(なか)を歩(ある)いていると、
やがて一軒(いっけん)の家(いえ)が見(み)えてきました。

he.n.de.ru.to.gu.re.e.te.ru.ga.mo.ri.no.na.ka.o.a.ru.i.te.i.ru.to、
ya.ga.te.i.k.ke.n.no.i.e.ga.mi.e.te.ki.ma.shi.ta。

韓德爾和葛麗特走在森林裡不久就看到一幢房子。

3

梅の花が散ると、
やがて桜が咲き出します。

u.me.no.ha.na.ga.chi.ru.to、ya.ga.te.sa.ku.ra.ga.sa.ki.da.shi.ma.su。

梅花謝了不久就換櫻花開了。

4

やがて世界的な
高齢化社会が訪れるだろう。

ya.ga.te.se.ka.i.te.ki.na.ko.o.re.i.ka.sha.ka.i.ga.o.to.zu.re.ru.da.ro.o。

將來遲早要邁入全球高齡化社會吧。

5

このまま放っておくと、
やがて琵琶湖は外来種の魚に
占領されてしまうだろう。

ko.no.ma.ma.ho.o.t.te.o.ku.to、ya.ga.te.bi.wa.ko.wa.ga.i.ra.i.shu.no.sa.ka.na.ni.se.n.ryo.o.sa.re.te.shi.ma.u.da.ro.o。

這樣放著不管的話，琵琶湖遲早會被外來種的魚給佔領吧？！

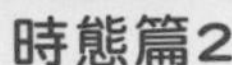

時態篇2

- かつて：以前
- 以前：以前
- 先日：前幾天
- 最近：最近
- たった今：剛剛
- ただ今：現在
- もうじき：馬上
- そのうち：馬上
- いずれ：早晚
- やがて：遲早

我們在描述事情時，通常會使用現在、過去、未來等時間副詞，使我們描述的故事有順序感，現在櫻井萌小姐一家正在舉辦慶祝Party，讓我們以這個時間點為「現在」，一起了解櫻井萌小姐的故事吧！

櫻井萌小姐的小歷史

桜井萌さんのプチ・ヒストリー

sa.ku.ra.i.mo.e.sa.n.no.pu.chi・hi.su.to.ri.i

かつて

ka.tsu.te

以前

彼女がかつて赤ちゃんだった頃、
一家は静岡から東京に引っ越してきました。

ka.no.jo.ga.ka.tsu.te.a.ka.cha.n.da.t.ta.ko.ro、
i.k.ka.wa.shi.zu.o.ka.ka.ra.to.o.kyo.o.ni.hi.k.ko.shi.te.ki.ma.shi.ta。

以前櫻井小姐還是小嬰兒的時候，全家從靜岡搬家到東京。

以前

いぜん
i.ze.n
以前

ここが以前桜井さんが住んでいた家です。

ko.ko.ga.i.ze.n.sa.ku.ra.i.sa.n.ga.su.n.de.i.ta.i.e.de.su。

這裡是櫻井小姐以前住的家。

先日

せんじつ
se.n.ji.tsu
前幾天

先日彼女は大学受験を終えました。

se.n.ji.tsu.ka.no.jo.wa.da.i.ga.ku.
ju.ke.n.o.o.e.ma.shi.ta。

她前幾天剛考完大學的入學考試。

最近

さいきん
sa.i.ki.n
最近

受験から解放されたせいか、
彼女は最近よく笑うようになりました。

ju.ke.n.ka.ra.ka.i.ho.o.sa.re.ta.se.i.ka、ka.no.jo.
wa.sa.i.ki.n.yo.ku.wa.ra.u.yo.o.ni.na.ri.ma.shi.ta。

可能是因為從考試壓力解放出來，
她最近常常笑了。

たった今(いま)
ta.t.ta.i.ma
剛才

たった今(いま)合格者(ごうかくしゃ)の発表(はっぴょう)がありました。
ta.t.ta.i.ma.go.o.ka.ku.sha.no.ha.p.pyo.o.ga.a.ri.ma.shi.ta。
剛才公佈合格名單了。

以現在這個時間為現在

ただ今(いま)
ta.da.i.ma
現在

桜井(さくらい)さん一家(いっか)はただ今(いま)
お祝(いわ)いパーティー中(ちゅう)です。
sa.ku.ra.i.sa.n.i.k.ka.wa.ta.da.i.ma.
o.i.wa.i.pa.a.ti.i.chu.u.de.su。
櫻井小姐一家人現在
正舉辦慶祝Party。

もうじき
mo.o.ji.ki
不久

彼女(かのじょ)はもうじき大学生(だいがくせい)です。
ka.no.jo.wa.mo.o.ji.ki.da.i.ga.ku.se.i.de.su。
她不久後就是大學生了。

好久好久以前…	月～年前	日～週～月前		剛剛
かつて 以前	以前 以前	先日 前幾天	最近 最近	たった今 剛剛

そのうち
so.no.u.chi.
馬上

いずれ
i.zu.re.
早晚

そのうち彼女は誰かと恋に落ちて、
いずれ家族より彼氏と過ごす時間の方が長くなるかもしれません。

so.no.u.chi.ka.no.jo.wa.da.re.ka.to.ko.i.ni.o.chi.te、i.zu.re.ka.zo.ku.yo.ri.ka.re.shi.to.su.go.su.ji.ka.n.no.ho.o.ga.na.ga.ku.na.ru.ka.mo.shi.re.ma.se.n。

她可能馬上就會談戀愛，和男朋友度過的時間早晚會變得比家人長呢！

やがて
ya.ga.te
遲早

彼女もやがて結婚して、
この家から巣立っていくのでしょう。

ka.no.jo.mo.ya.ga.te.ke.k.ko.n.shi.te、
ko.no.i.e.ka.ra.su.da.t.te.i.ku.no.de.sho.o。

她遲早會結婚、離開家，
然後另外組成一個家庭吧！

まだ

ma.da.

還沒…

正式場合

1

イタリアには
まだ行ったことがありません。

i.ta.ri.a.ni.wa.ma.da.i.t.ta.ko.to.ga.a.ri.
ma.se.n。

我還沒有去過義大利。

2

私たちはつきあい始めてまだ
3ヶ月です。

wa.ta.shi.ta.chi.wa.tsu.ki.a.i.ha.ji.me.
te.ma.da.sa.n.ka.ge.tsu.de.su。

我們開始交往到現在沒滿3個月。

3

まだ岡田さんが来ていません。

ma.da.o.ka.da.sa.n.ga.ki.te.i.ma.se.n。

岡田同學還沒來。

4

まだ半分も終わっていない。

ma.da.ha.n.bu.n.mo.o.wa.t.te.i.na.i。

還有一半都沒寫完。

注意!

「**まだ**」的相反詞是「**もう**」（已經）。

還沒吃完	⟷	已經吃完了
まだ食べ終わっていない。 ma.da.ta.be.o.wa.t.te.i.na.i		**もう食べ終わった。** mo.o.ta.be.o.wa.t.ta
我還愛著你	⟷	我已經不愛你了
まだあなたを愛しています。 ma.da.a.na.ta.o.a.i.shi.te.i.ma.su		**もうあなたなんか愛していません。** mo.o.a.na.ta.na.n.ka.a.i.shi.te.i.ma.se.n
還有時間。	⟷	已經沒有時間了。
まだ時間がある。 ma.da.ji.ka.n.ga.a.ru		**もう時間がない！** mo.o.ji.ka.n.ga.na.i

大象：才走了還不到2公里啊！

まだ2キロしか歩いていない。

ma.da.ni.ki.ro.shi.ka.a.ru.i.te.i.na.i

↕

小老鼠：已經走2公里了。

もう2キロも歩いた。

mo.o.ni.ki.ro.mo.a.ru.i.ta

未だに（未だ）

i.ma.da.ni. (i.ma.da)

至今仍…、到現在還…

1

未だに失恋のショックから立ち直れない。

i.ma.da.ni.shi.tsu.re.n.no.sho.k.ku.ka.ra.ta.chi.na.o.re.na.i。

至今仍未從失戀的打擊中站起來。

2

多くの古代遺跡の謎は未だに解明されていません。

o.o.ku.no.ko.da.i.i.se.ki.no.na.zo.wa.i.ma.da.ni.ka.i.me.i.sa.re.te.i.ma.se.n。

許多古代遺跡的謎團至今尚未解開。

3

うちの息子(むすこ)は未(いま)だにおねしょをする。

u.chi.no.mu.su.ko.wa.i.ma.da.ni.o.ne.sho.o.su.ru。

我兒子到現在還會尿床。

4

未(いま)だかつてないほど暑(あつ)い夏日(なつび)が続(つづ)いています。

i.ma.da.ka.tsu.te.na.i.ho.do.a.tsu.i.na.tsu.bi.ga.tsu.zu.i.te.i.ma.su。

至今前所未有的酷暑仍然持續著。

5

ここは未(いま)だに昔(むかし)のままですね。

ko.ko.wa.i.ma.da.ni.mu.ka.shi.no.ma.ma.de.su.ne。

這裡至今都還維持以前的樣子呢。

依然

i.ze.n.

依然…

1

ひき逃げした車は
依然逃走中です。

hi.ki.ni.ge.shi.ta.ku.ru.ma.wa.
i.ze.n.to.o.so.o.chu.u.de.su。

肇事逃逸的車輛
現在依然在逃。

2

ふたりの仲は依然険悪な状態が続いている。

fu.ta.ri.no.na.ka.wa.i.ze.n.ke.n.a.ku.na.jo.o.ta.i.ga.tsu.zu.i.te.i.ru。

兩人之間的關係仍持續在緊張狀態。

3

火災現場(かさいげんば)では依然必死(いぜんひっし)の消火活動(しょうかかつどう)が続(つづ)けられています。

ka.sa.i.ge.n.ba.de.wa.i.ze.n.hi.s.shi.no.sho.o.ka.ka.tsu.do.o.ga.tsu.zu.ke.ra.re.te.i.ma.su。

火災現場依然全力進行滅火動作。

依然(いぜん)としてマンション価格(かかく)は下(さ)がり続(つづ)けている。

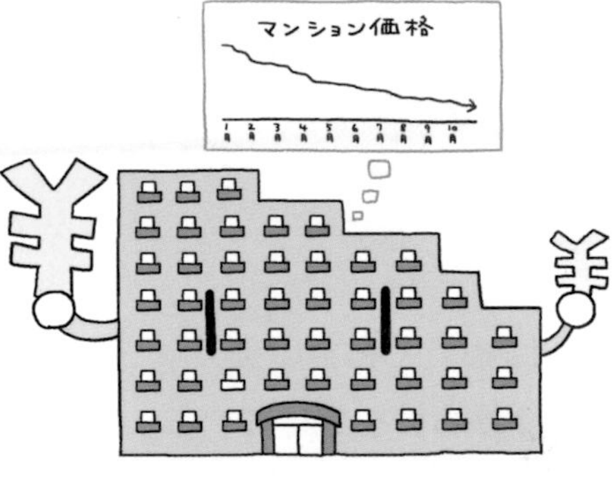

i.ze.n.to.shi.te.ma.n.sho.n.ka.ka.ku.wa.sa.ga.ri.tsu.zu.ke.te.i.ru。

公寓價格依然持續下跌。

家出(いえで)した娘(むすめ)の行方(ゆくえ)は依然不明(いぜんふめい)です。

i.e.de.shi.ta.mu.su.me.no.yu.ku.e.wa.i.ze.n.fu.me.i.de.su。

離家出走的女兒依然行蹤不明。

相変わらず（あいかわらず）

a.i.ka.wa.ra.zu.

一如往常、仍舊、依然…

1

ぼくは相変（あいか）わらず元気（げんき）でやっています。

bo.ku.wa.a.i.ka.wa.ra.zu.ge.n.ki.de.ya.t.te.i.ma.su。

我還是和往常一樣很有精神地努力著。

2

祖父（そふ）は相変（あいか）わらず田舎（いなか）で
ひとり暮（ぐ）らしを続（つづ）けている。

so.fu.wa.a.i.ka.wa.ra.zu.i.na.ka.de.
hi.to.ri.gu.ra.shi.o.tsu.zu.ke.te.i.ru。

爺爺仍舊一個人在鄉下生活。

3

おふたりは
相変（あいか）わらず仲（なか）がよさそうですね。

o.fu.ta.ri.wa.a.i.ka.wa.
ra.zu.na.ka.ga.yo.sa.so.o.de.su.ne。

你們兩位的感情
還是一如往常的好呢!

4

妹は相変わらずEXILEばかり聴いている。

i.mo.o.to.wa.a.i.ka.wa.ra.zu.e.gu.za.i.ru.ba.ka.ri.ki.i.te.i.ru。

妹妹還是和往常一樣只聽EXILE的歌。

來對話吧！

久しぶり。元気にしてた？

hi.sa.shi.bu.ri。ge.n.ki.ni.shi.te.ta？

好久不見。妳好嗎？

相変わらずよ。そっちはどう？

a.i.ka.wa.ra.zu.yo。so.c.chi.wa.do.o？

別來無恙囉！妳呢？

もはや

mo.ha.ya.

已經…

①

もはやこれまでだ。観念(かんねん)しなさい！

mo.ha.ya.ko.re.ma.de.da。ka.n.ne.n.shi.na.sa.i！

事到如今你就死心了吧！

②

残念(ざんねん)ですが、

もはや手遅(ておく)れです。

za.n.ne.n.de.su.ga、

mo.ha.ya.te.o.ku.re.de.su。

非常遺憾，已經來不及了。

3

肩パッド入りの女性服はもはや時代遅れだ。

ka.ta.pa.d.do.i.ri.no.jo.se.i.fu.ku.wa.mo.ha.ya.ji.da.i.o.ku.re.da。

有墊肩的服飾已經過時了。

4

彼の技術はもはやプロのレベルに達している。

ka.re.no.gi.ju.tsu.wa.mo.ha.ya.pu.ro.no.re.be.ru.ni.ta.s.shi.te.i.ru。

他的技術已經到達專業的層級。

5

これはもはやあなただけの問題ではありません。

ko.re.wa.mo.ha.ya.a.na.ta.da.ke.no.mo.n.da.i.de.wa.a.ri.ma.se.n。

這已經不只是你個人的問題了。

すでに

su.de.ni.

已經…

1

伊藤（いとう）さんのところは
すでに7人（しちにん）もお子（こ）さんがいます。

i.to.o.sa.n.no.to.ko.ro.wa.su.de.ni. shi.chi.ni.n.no.o.ko.sa.n.ga.i.ma.su。

伊藤先生已經有7個小孩了。

電車（でんしゃ）はすでに出発（しゅっぱつ）した後（あと）だった。

de.n.sha.wa.su.de.ni.shu.p.pa.tsu.shi.ta.a.to.da.t.ta。

電車已經出發了。

みんなすでにうわさで知（し）っているようですが、
今度（こんど）このクラスに転入生（てんにゅうせい）が来（き）ます。

mi.n.na.su.de.ni.u.wa.sa.de.shi.t.te.i.ru.yo.o.de.su.ga、ko.n.do.ko.no.ku.ra.su.ni.te.n.nyu.u.se.i.ga.ki.ma.su。

大家應該都已經聽說了吧！
將會有轉學生加入這個班級。

4

その頃（ころ）ふたりの仲（なか）はすでに冷（ひ）え切（き）っていたのです。

so.no.ko.ro.fu.ta.ri.no.na.ka.wa.su.de.ni.hi.e.ki.t.te.i.ta.no.de.su。

那時候兩個人的感情已經降到冰點了。

來對話吧！

思（おも）い切（き）って言（い）います。ぼくと結婚（けっこん）してください！

o.mo.i.ki.t.te.i.i.ma.su。bo.ku.to.ke.k.ko.n.shi.te.ku.da.sa.i！

我就下定決心說了。請跟我結婚吧！

えっ！？私（わたし）はすでに夫（おっと）のある身（み）なんですが…。

e!?wa.ta.shi.wa.su.de.ni.o.t.to.no.a.ru.mi.na.n.de.su.ga…。

咦！？我已經是有夫之婦了…。

とっくに

to.k.ku.ni.

088

早就…

日常用語

みんなとっくに朝(あさ)ご飯(はん)を済(す)ませたよ！

mi.n.na.to.k.ku.ni.a.sa.go.ha.n.o.su.ma.se.ta.yo！

大家早就吃完早餐囉！

2 連休中(れんきゅうちゅう)の新幹線(しんかんせん)の切符(きっぷ)は

とっくに売(う)り切(き)れていた。

re.n.kyu.u.chu.u.no.shi.n.ka.n.se.n.no.ki.p.pu.wa.
to.k.ku.ni.u.ri.ki.re.te.i.ta。

連假期間的新幹線車票早就賣光了。

3

学生の頃通っていた店はとっくに潰れて、別の店になっていた。

ga.ku.se.i.no.ko.ro.ka.yo.t.te.i.ta.
mi.se.wa.to.k.ku.ni.tsu.bu.re.te、
be.tsu.no.mi.se.ni.na.t.te.i.ta。

學生時期常去的店早就倒閉，
換成別的店了。

4

蔡さんはとっくに台湾に帰ってるよ。

sa.i.sa.n.wa.to.k.ku.ni.ta.i.wa.n.ni.ka.e.t.te.ru.yo。
蔡小姐早就回台灣了喔！

強調時，用「とっくの昔に」（很早以前就）

- **そんなこととっくの昔に知ってたよ。**
  so.n.na.ko.to.to.k.ku.no.mu.ka.shi.ni.shi.t.te.ta.yo
  那種事老早就知道了。
- **高崎くん遅いなあ。もうとっくの昔に着いていてもいいはずなのに。**
  ta.ka.sa.ki.ku.n.o.so.i.na.a。mo.o.to.k.ku.no.mu.ka.shi.ni.tsu.i.te.i.te.mo.i.i.ha.zu.na.no.ni
  高崎先生好慢。明明早就該到了。

今さら

i.ma.sa.ra.

現在才…

正式場合 日常用語

1

今(いま)さらそんなことを言(い)われても困(こま)ります。

i.ma.sa.ra.so.n.na.ko.to.o.
i.wa.re.te.mo.ko.ma.ri.ma.su。

你現在才跟我說，真是傷腦筋。

2

今(いま)さら謝(あや)まりに来(き)ても遅(おそ)いんです！

i.ma.sa.ra.a.ya.ma.ri.ni.ki.te.mo.
o.so.i.n.de.su！

現在才道歉，已經太遲了！

3

今(いま)さら人(ひと)に聞(き)けないパソコンの使(つか)い方(かた)。

i.ma.sa.ra.hi.to.ni.ki.ke.na.i.pa.so.ko.n.no.tsu.ka.i.ka.ta。

至今還沒臉問人的電腦問題。

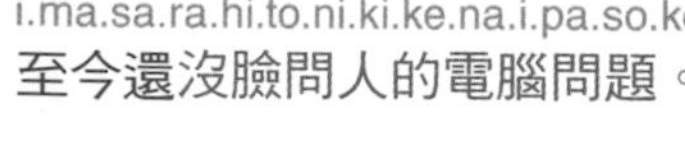

4

済んだことを今さら後悔しても始まらない。

su.n.da.ko.to.o.
i.ma.sa.ra.ko.o.ka.i.shi.te.mo.ha.ji.ma.ra.na.i。

過去的事現在才後悔也無法再重來。

來對話吧！

あ～、もう諦めて帰ろうか。

a.a~mo.o.a.ki.ra.me.te.ka.e.ro.o.ka。

啊～放棄回家吧！

今さら何を言ってるの！もう2時間もがんばって並んだのよ。

i.ma.sa.ra.na.ni.o.i.t.te.ru.no！mo.o.ni.ji.ka.n.mo.ga.n.ba.t.te.na.ra.n.da.no.yo。

事到如今你還說這什麼話？！都排了2個小時的隊了耶！

ついに

tsu.i.ni.

MP3 090

終於

1

ついにこの田舎（いなか）にもコンビニができた！

tsu.i.ni.ko.no.i.na.ka.ni.mo.ko.n.bi.ni.ga.de.ki.ta！

這個鄉下地方終於也有便利商店了。

2

ついに原稿（げんこう）が仕上（しあ）がった！

tsu.i.ni.ge.n.ko.o.ga.shi.a.ga.t.ta！

原稿終於完成了！

3

つ い に 頂上(ちょうじょう) だ！

tsu.i.ni.cho.o.jo.o.da!

終於到山頂了！

4

ついに万能介護(ばんのうかいご)ロボットが登場(とうじょう)しました！

tsu.i.ni.ba.n.no.o.ka.i.go.ro.bo.t.to.ga.to.o.jo.o.shi.ma.shi.ta!

萬能看護機器人終於登場了！

5

やったー、ついに大物(おおもの)を釣(つ)り上(あ)げたぞ！

ya.t.ta.a、tsu.i.ni.o.o.mo.no.o.tsu.ri.a.ge.ta.zo!

太好了！終於釣到大隻的了！

注意！

大物(おおもの)＝大隻的魚。若使用在人身上，表示有頭有臉的大人物。

とうとう

to.o.to.o.

終於、總算

とうとう謎(なぞ)が解(と)けたぞ！

to.o.to.o.na.zo.ga.to.ke.ta.zo！

總算解開謎底了！

論文(ろんぶん)を書(か)くうちにとうとう夜(よ)が明(あ)けてしまった。

ro.n.bu.n.o.ka.ku.u.chi.ni.to.o.to.o.yo.ga.a.ke.te.shi.ma.t.ta。

論文寫著寫著最後就天亮了。

とうとうメジャーデビューすることになりました。

to.o.to.o.me.ja.a.de.byu.u.su.ru.ko.to.ni.na.ri.ma.shi.ta。

終於登上主流市場了。

4

今日（きょう）から私（わたし）もとうとう３０代突入（さんじゅうだいとつにゅう）か。

kyo.o.ka.ra.wa.ta.shi.mo.to.o.to.o.sa.n.ju.u.da.i.to.tsu.nyu.u.ka。

今天起我終於邁入30歲了。

來對話吧！

とうとう今日（きょう）で台湾（たいわん）とお別（わか）れか…名残（なごりお）惜しいなあ。

to.o.to.o.kyo.o.de.ta.i.wa.n.to.o.wa.ka.re.ka…na.go.ri.o.shi.i.na.a。

今天終於就要離開台灣了…真是依依不捨。

また遊（あそ）びに来（こ）ようね。

ma.ta.a.so.bi.ni.ko.yo.o.ne。

要再來玩喔！

やっと

ya.t.to.

MP3 092

終於、總算…

正式場合 日常用語

1

やっとできた！

ya.t.to.de.ki.ta

終於完成了！

2

3時間(さんじかん)も迷(まよ)ってやっと

ここにたどり着(つ)きました！

sa.n.ji.ka.n.mo.ma.yo.t.te.ya.t.to.

ko.ko.ni.ta.do.ri.tsu.ki.ma.shi.ta！

迷路了3個小時，

終於到這裡了！

3

昔のクラスメートの名前をやっと思い出した！

mu.ka.shi.no.ku.ra.su.me.e.to.no.na.ma.e.o.ya.t.to.o.mo.i.da.shi.ta！

終於想起以前同學的名字！

ひとり暮らしを始めて、やっと親の苦労がわかった。

hi.to.ri.gu.ra.shi.o.ha.ji.me.te、ya.t.to.o.ya.no.ku.ro.o.ga.wa.ka.t.ta。

開始自己一個人生活後，

終於了解父母的辛勞。

5

水道が復旧したのは地震発生からやっと3日目のことでした。

su.i.do.o.ga.fu.k.kyu.u.shi.ta.no.wa.ji.shi.n.ha.s.se.i.ka.ra.ya.t.to.mi.k.ka.me.no.ko.to.de.shi.ta。

在地震發生3天後，

自來水終於恢復正常供應。

ようやく

yo.o.ya.ku.

總算、好不容易…

1

結婚10年目にしてようやく子どもを授かりました。

ke.k.ko.n.ju.u.ne.n.me.ni.shi.te.yo.o.ya.ku.ko.do.mo.o.sa.zu.ka.ri.ma.shi.ta。

結婚邁入第10年，

好不容易才有了小孩。

2

暑さもようやく峠を越えました。

a.tsu.sa.mo.yo.o.ya.ku.to.o.ge.o.ko.e.ma.shi.ta。

總算度過了最炎熱時期。

3

ようやくコツがつかめてきました。

yo.o.ya.ku.ko.tsu.ga.tsu.ka.me.te.ki.ma.shi.ta。

好不容易才抓到訣竅。

4

新薬(しんやく)のおかげでようやくリューマチの苦(くる)しみから解放(かいほう)された。

shi.n.ya.ku.no.o.ka.ge.de.yo.o.ya.ku.ryu.u.ma.chi.no.ku.ru.shi.mi.ka.ra.ka.i.ho.o.sa.re.ta。

多虧了新藥，總算從風溼的痛苦裡解脫了。

來對話吧！

私(わたし)はだまされていたんです。今頃(いまごろ)になってようやく目(め)が覚(さ)めました。

wa.ta.shi.wa.da.ma.sa.re.te.i.ta.n.de.su。i.ma.go.ro.ni.na.t.te.yo.o.ya.ku.me.ga.sa.me.ma.shi.ta。

我被騙了。直到現在才看清。

いい勉強(べんきょう)をしたと思(おも)うしかありませんね。

i.i.be.n.kyo.o.o.shi.ta.to.o.mo.u.shi.ka.a.ri.ma.se.n.ne。

只能當作學個經驗囉！

だんだん

da.n.da.n.

漸漸

1

だんだん寒(さむ)くなってきたね。

da.n.da.n.sa.mu.ku.na.t.te.ki.ta.ne。

漸漸變冷了呢！

2

だんだん人気(にんき)が出(で)てきた俳優(はいゆう)。

da.n.da.n.ni.n.ki.ga.de.te.ki.ta.ha.i.yu.u。

漸漸開始竄紅的演員。

3

人(ひと)はお酒(さけ)を飲(の)むと
だんだん声(こえ)が大(おお)きくなる。

hi.to.wa.o.sa.ke.o.no.mu.to.da.n.da.n.ko.e.ga.o.o.ki.ku.na.ru。

人只要一喝酒，
聲音就會漸漸變大。

4

最近弟の背がだんだん伸びてきて、もうすぐ私を追い越しそう。

sa.i.ki.n.o.to.o.to.no.se.ga.da.n.da.n.no.bi.te.ki.te、mo.o.su.gu.wa.ta.shi.o.o.i.ko.shi.so.o。

最近弟弟越來越高，就快追過我了。

來對話吧！

最初は何とも思わなかったのに、だんだん彼がかっこよく見えてきた。

sa.i.sho.wa.na.n.to.mo.o.mo.wa.na.ka.t.ta.no.ni、da.n.da.n.ka.re.ga.ka.k.ko.yo.ku.mi.e.te.ki.ta。

剛開始還不怎麼覺得他特別，後來越看越覺得他蠻帥的。

それって恋じゃない？

so.re.t.te.ko.i.ja.na.i?

那不就是戀愛嗎？

ゆっくりと

yu.k.ku.ri.to.

緩緩地、慢慢地…

1

王子様(おうじさま)がキスをすると、
眠(ねむ)り姫(ひめ)はゆっくりと目(め)を開(あ)けました。

o.o.ji.sa.ma.ga.ki.su.o.su.ru.to、
ne.mu.ri.hi.me.wa.yu.k.ku.ri.to.me.o.a.ke.ma.shi.ta。

被王子殿下親吻了之後，
睡美人緩緩地張開了眼睛。

2

台風(たいふう)は室戸(むろと)岬(みさき)沖(おき)を東北東(とうほくとう)に
ゆっくりと進(すす)んでいます。

ta.i.fu.u.wa.mu.ro.to.mi.sa.ki.o.ki.o.to.o.
ho.ku.to.o.ni.yu.k.ku.ri.to.su.su.n.de.i.ma.su。

颱風緩緩地從室戸岬海岸往東北東方向前進。

3

もっとゆっくり歩(ある)いて。

mo.t.to.yu.k.ku.ri.a.ru.i.te。

再走慢一點。

4

こちらは時間(じかん)を掛(か)けて
ゆっくりと醸造(じょうぞう)した古酒(こしゅ)です。

ko.chi.ra.wa.ji.ka.n.o.ka.ke.te.yu.k.ku.ri.to.
jo.o.zo.o.shi.ta.ko.shu.de.su。

這是花了很多時間慢慢地釀造而成的陳年老酒。

注意!

ゆっくりと用在表現時間、心情閒適時。

- 将来(しょうらい)はどこかの田舎(いなか)でのんびりゆっくりと暮(く)らしたい。
  sho.o.ra.i.wa.do.ko.ka.no.i.na.ka.de.no.n.bi.ri.yu.k.ku.ri.to.ku.ra.shi.ta.i。
  我將來想要在鄉下悠閒地生活。
- 早(はや)く家(うち)に帰(かえ)ってゆっくりしたいね。
  ha.ya.ku.u.chi.ni.ka.e.t.te.yu.k.ku.ri.shi.ta.i.ne。
  我想早點回家享受一下悠閒。

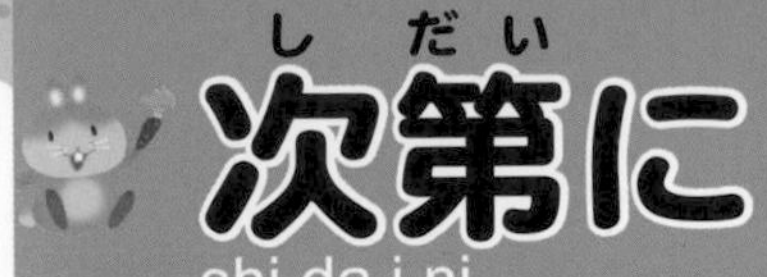

次第(しだい)に

shi.da.i.ni.

漸漸地…

1

外(そと)は次第(しだい)に暗(くら)くなっていった。

so.to.wa.shi.da.i.ni.ku.ra.ku.na.t.te.i.t.ta。

外面的天色漸漸地暗了下來。

2

最初(さいしょ)は警戒心(けいかいしん)が強(つよ)かった野良犬(のらいぬ)も、
次第(しだい)に彼(かれ)に懐(なつ)いていきました。

sa.i.sho.wa.ke.i.ka.i.shi.n.ga.tsu.yo.ka.t.ta.no.ra.i.nu.mo、
shi.da.i.ni.ka.re.ni.na.tsu.i.te.i.ki.ma.shi.ta。

剛開始警戒心很強的野狗也漸漸地肯讓他抱了。

3

次第(しだい)に眠(ねむ)くなってきた。

shi.da.i.ni.ne.mu.ku.na.t.te.ki.ta。

漸漸地想睡了。

4

ふたりは次第(しだい)に惹(ひ)かれ合(あ)っていった。

fu.ta.ri.wa.shi.da.i.ni.
hi.ka.re.a.t.te.i.t.ta。

兩人漸漸被彼此吸引。

5

雨(あめ)は次第(しだい)に雪(ゆき)に変(か)わっていった。

a.me.wa.shi.da.i.ni.yu.ki.ni.ka.wa.t.te.i.t.ta。

雨下著下著漸漸地變成下雪了。

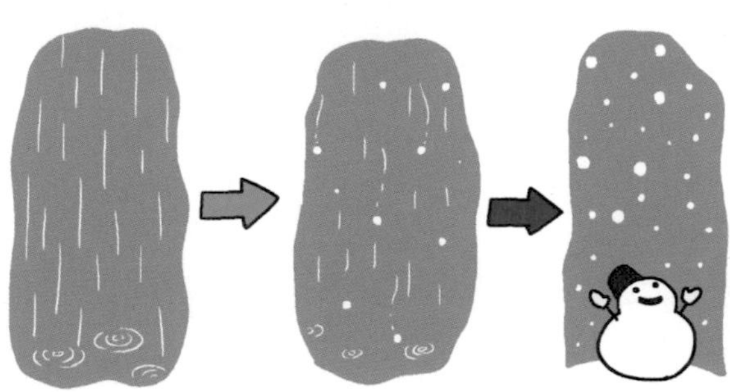

徐々(じょじょ)に

jo.jo.ni.

逐漸

正式場合

徳島(とくしま)だけの祭(まつ)りだった阿波踊(あわおど)りが、
徐々(じょじょ)に日本各地(にほんかくち)に広(ひろ)がってきました。

to.ku.shi.ma.da.ke.no.ma.tsu.ri.da.t.ta.a.wa.o.do.ri.ga、
jo.jo.ni.ni.ho.n.ka.ku.chi.ni.hi.ro.ga.t.te.ki.ma.shi.ta。

德島的祭典中特有的阿波舞
逐漸擴展到日本各地。

2

飼(か)い犬(いぬ)が死(し)んで落(お)ち込(こ)んでいた母(はは)も、
徐々(じょじょ)に元気(げんき)になってきた。

ka.i.i.nu.ga.shi.n.de.o.chi.ko.n.de.i.ta.ha.ha.mo、
jo.jo.ni.ge.n.ki.ni.na.t.te.ki.ta。

因為寵物狗去世而消沉的媽媽
也逐漸恢復元氣了。

3

なんきょく こおり じょじょ ちい
南極の氷が徐々に小さくなってきている。

na.n.kyo.ku.no.ko.o.ri.ga.jo.jo.ni.chi.i.sa.ku.na.t.te.ki.te.i.ru。

南極的冰層逐漸消融。

4

ちち じょじょ けんこう
父は徐々に健康を
と もど
取り戻しています。

chi.chi.wa.jo.jo.ni.ke.n.ko.o.o.
to.ri.mo.do.shi.te.i.ma.su。

爸爸的身體逐漸恢復健康。

5

ふね じょじょ しま はな
船は徐々に島から離れていった。

fu.ne.wa.jo.jo.ni.shi.ma.ka.ra.ha.na.re.te.i.t.ta。

船緩緩駛離小島。

ますます

ma.su.ma.su.

越來越…

1

息子(むすこ)さんが跡(あと)を継(つ)いでから、
ますます商売繁盛(しょうばいはんじょう)ですね。

mu.su.ko.sa.n.ga.a.to.o.tsu.i.de.ka.ra、
ma.su.ma.su.sho.o.ba.i.ha.n.jo.o.de.su.ne。

令郎繼承事業之後，
生意越來越興隆了呢！

2

彼女(かのじょ)の応援(おうえん)を受(う)けて、
ますます張(は)り切(き)った。

ka.no.jo.no.o.o.e.n.o.u.ke.te、
ma.su.ma.su.ha.ri.ki.t.ta。

有了女朋友的加油，
他越來越有幹勁。

3

炎(ほのお)はますます激(はげ)しく
燃(も)え上(あ)がった。

ho.no.o.wa.ma.su.ma.su.ha.ge.
shi.ku.mo.e.a.ga.t.ta。

火越來越旺。

4

アニメを見てますます日本語に興味を持ちました。

a.ni.me.o.mi.te.ma.su.ma.su.ni.ho.n.go.ni.kyo.o.mi.o.mo.chi.ma.shi.ta。

看動漫之後就對日語越來越有興趣了。

來對話吧！

最近ますますおかあさんに似てきたね。

sa.i.ki.n.ma.su.ma.su.o.ka.a.sa.n.ni.ni.te.ki.ta.ne。

妳最近跟妳媽媽長得越來越像了耶！

え〜、本当ですか？ちょっと複雑な気分…

e~、ho.n.to.o.de.su.ka？cho.t.to.fu.ku.za.tsu.na.ki.bu.n…

咦〜真的嗎？怎麼有點複雜的感覺…

i.s.so.o.

1

8月(はちがつ)に入(はい)って、一層暑(いっそうあつ)くなった。

ha.chi.ga.tsu.ni.ha.i.t.te、
i.s.so.o.a.tsu.ku.na.t.ta。

到了8月，變得更熱了。

2

女性(じょせい)はマスカラを引(ひ)いたり付(つ)け睫毛(まつげ)を付(つ)けたりして、目(め)を一層大(いっそうおお)きく見(み)せようとする。

jo.se.i.wa.ma.su.ka.ra.o.hi.i.ta.ri.tsu.ke.ma.tsu.ge.o.tsu.ke.ta.ri.shi.te、
me.o.i.s.so.o.o.o.ki.ku.mi.se.yo.o.to.su.ru。

女生刷睫毛膏、戴假睫毛
都是為了讓眼睛看起來更大。

3

漂白剤を使と、
洗濯物の白さが一層引き立ちます。

hyo.o.ha.ku.za.i.o.tsu.ka.u.to、se.n.ta.ku.mo.no.no.shi.ro.sa.ga.i.s.so.o.hi.ki.ta.chi.ma.su。

用了漂白劑衣物會顯得更加潔白。

4

これからより一層努力してまいります。

ko.re.ka.ra.yo.ri.i.s.so.o.do.ryo.ku.shi.te.ma.i.ri.ma.su。

今後會更加努力。

5

双眼鏡を使うとより一層
はっきり見えるよ。

so.o.ga.n.kyo.o.o.tsu.ka.u.to.yo.ri.i.s.so.o.ha.k.ki.ri.mi.e.ru.yo。

用望遠鏡的話會看得更清楚喔！

大幅に

o.o.ha.ba.ni.

MP3 100

大幅地…

正式場合

1

去年から景気は
大幅に悪化している。

kyo.ne.n.ka.ra.ke.i.ki.wa.
o.o.ha.ba.ni.a.k.ka.shi.te.i.ru。

去年起景氣大幅地惡化。

2

近々液晶テレビが大幅に値下がりするかもしれません。

chi.ka.ji.ka.e.ki.sho.o.te.re.bi.ga.o.o.ha.ba.ni.
ne.sa.ga.ri.su.ru.ka.mo.shi.re.ma.se.n。

近期液晶電視的價格
可能會大幅下降。

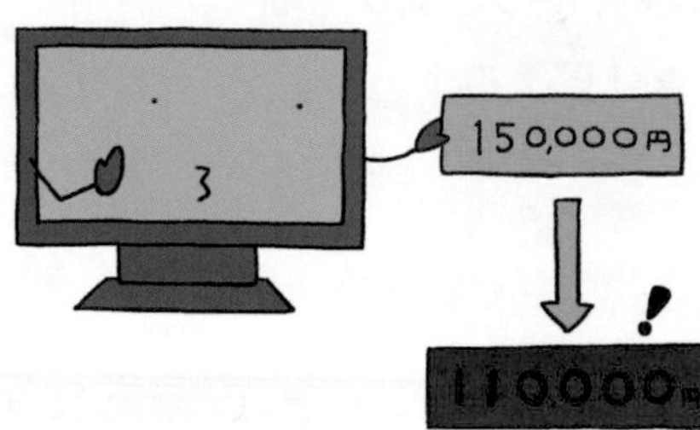

3

急激な経済発展の影で、
貧富の差が大幅に拡大した。

kyu.u.ge.ki.na.ke.i.za.i.ha.t.te.n.no.ka.ge.de、
hi.n.pu.no.sa.ga.o.o.ha.ba.ni.ka.ku.da.i.shi.ta。

由於經濟快速發展，
貧富懸殊大幅地擴張。

4

従来品に改良を加えて、
使いやすさが大幅に向上しました。

ju.u.ra.i.hi.n.ni.ka.i.ryo.o.o.ku.wa.e.te、tsu.ka.i.ya.
su.sa.ga.o.o.ha.ba.ni.ko.o.jo.o.shi.ma.shi.ta。

將原產品進行改良於是使用的便利性
就大幅地提升了。

5

新製品を大幅に
プライスダウンして販売中！

shi.n.se.i.hi.n.o.o.o.ha.ba.ni.pu.ra.i.su.da.u.
n.shi.te.ha.n.ba.i.chu.u！

新產品大幅降價特賣中！

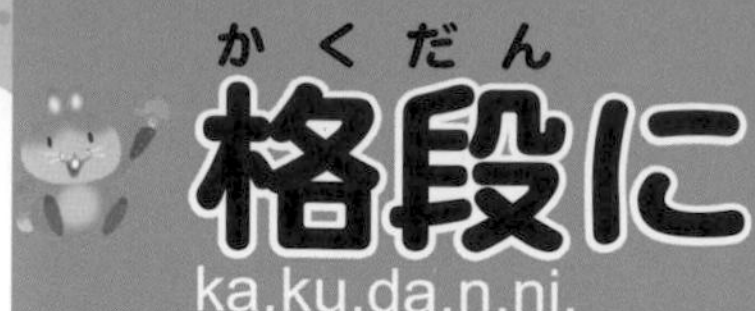

格段(かくだん)に

ka.ku.da.n.ni.

非常(大、多)

1

インターネット関連産業(かんれんさんぎょう)は短期間(たんきかん)の内(うち)に格段(かくだん)に進歩(しんぽ)を遂(と)げた。

i.n.ta.a.ne.t.to.ka.n.re.n.sa.n.gyo.o.wa.ta.n.ki.ka.n.no.u.chi.ni.ka.ku.da.n.ni.shi.n.po.o.to.ge.ta。

網路相關產業在短期內有非常大的躍進。

2

黄(こう)さんは日本(にほん)に来(き)た当初(とうしょ)と比(くら)べると
日本語(にほんご)が格段(かくだん)に上達(じょうたつ)しましたね!

ko.o.sa.n.wa.ni.ho.n.ni.ki.ta.to.o.sho.to.ku.ra.be.ru.to.
ni.ho.n.go.ga.ka.ku.da.n.ni.jo.o.ta.tsu.shi.ma.shi.ta.ne!

黃小姐跟剛到日本時相比,

日語能力進步非常多喔!

3

この美容液を使い続けると、お肌の潤いが格段に増します。

ko.no.bi.yo.o.e.ki.o.tsu.ka.i.tsu.zu.ke.ru.to、o.ha.da.no.u.ru.o.i.ga.ka.ku.da.n.ni.ma.shi.ma.su。

持續使用這款精華液
將會大大提升妳肌膚的保溼度。

4

パソコンの作業効率が格段にアップするソフトを探しています。

pa.so.ko.n.no.sa.gyo.o.ko.o.ri.tsu.ga.ka.ku.da.n.ni.a.p.pu.su.ru.so.fu.to.o.sa.ga.shi.te.i.ma.su。

我需要能大大提升電腦性能的軟體。

5

近所にショッピングセンターができて、格段に便利になった。

ki.n.jo.ni.sho.p.pi.n.gu.se.n.ta.a.ga.de.ki.te、ka.ku.da.n.ni.be.n.ri.ni.na.t.ta。

附近開了一家購物中心變得非常方便。

急激に（きゅうげき）

kyu.u.ge.ki.ni

MP3 102

急遽地

正式場合

急激（きゅうげき）に水位（すいい）が上昇（じょうしょう）してきた。

kyu.u.ge.ki.ni.su.i.i.ga.jo.o.sho.o.shi.te.ki.ta。

水位急遽地上昇。

2

急激（きゅうげき）に痩（や）せることを『激（げき）やせ』、急激（きゅうげき）に太（ふと）ることを『激太（げきぶと）り』と言（い）う。

kyu.u.ge.ki.ni.ya.se.ru.ko.to.o.『ge.ki.ya.se』、kyu.u.ge.ki.ni.fu.to.ru.ko.to.o.『ge.ki.bu.to.ri』to.i.u。

急遽變瘦稱為「暴瘦」，急遽變胖稱為「暴肥」。

<ruby>急激<rt>きゅうげき</rt></ruby>に<ruby>変化<rt>へんか</rt></ruby>する<ruby>時代<rt>じだい</rt></ruby>の<ruby>流<rt>なが</rt></ruby>れ。

kyu.u.ge.ki.ni.he.n.ka.su.ru.ji.da.i.no.na.ga.re。

急遽變化的時代潮流。

來對話吧！

<ruby>明日<rt>あした</rt></ruby>は<ruby>最高気温<rt>さいこうきおん</rt></ruby>が<ruby>10度<rt>じゅうど</rt></ruby>の<ruby>見込<rt>みこ</rt></ruby>みです。

a.shi.ta.wa.sa.i.ko.o.ki.o.n.ga.ju.u.do.no.mi.ko.mi.de.su。

明天最高溫度預計是10度。

<ruby>今日<rt>きょう</rt></ruby>より<ruby>急激<rt>きゅうげき</rt></ruby>に<ruby>気温<rt>きおん</rt></ruby>が<ruby>下<rt>さ</rt></ruby>がりますのでお<ruby>気<rt>き</rt></ruby>を<ruby>付<rt>つ</rt></ruby>けください。

kyo.o.yo.ri.kyu.u.ge.ki.ni.ki.o.n.ga.sa.ga.ri.ma.su.no.de.o.ki.o.tsu.ke.te.ku.da.sa.i。

今天開始氣溫會急遽地下降，請大家多多注意。

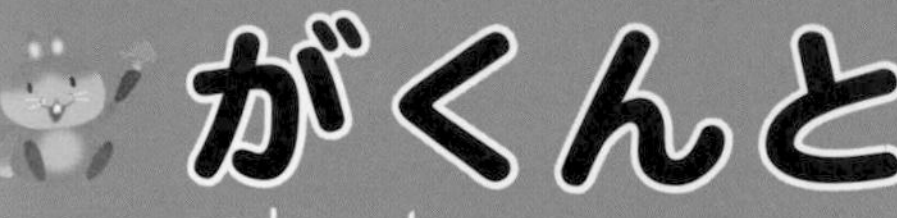

がくんと

ga.ku.n.to.

MP3 103

猛然地…

日常用語

1

成績がかくんと落ちた。

se.i.se.ki.ga.ga.ku.n.to.o.chi.ta。

成績猛然地下滑。

2

今日はがくんと気温が下がったね。

kyo.o.wa.ga.ku.n.to.ki.o.n.ga.sa.ga.t.ta.ne。

今天的氣溫一下子就下滑了呢！

3

今月に入って
がくんと売り上げが落ち込んだ。

ko.n.ge.tsu.ni.ha.i.t.te.
ga.ku.n.to.u.ri.a.ge.ga.o.chi.ko.n.da。

這個月銷售額猛然地下滑了。

4

母に先立たれた父は、
がくんと老け込んだ。

ha.ha.ni.sa.ki.da.ta.re.ta.chi.chi.wa、
ga.ku.n.to.fu.ke.ko.n.da。

媽媽去世之後爸爸一下子老了好多。

注意！

がくんと：突然掉落的樣子。只用在下滑的情況。亦用在表現「突然停止」的樣子。

- **車ががくんと止まった。**
  ku.ru.ma.ga.ga.ku.n.to.to.ma.t.ta。
  車子嘎然停止。
- **電車ががくんと止まってよろめいた。**
  de.n.sha.ga.ga.ku.u.n.to.to.ma.t.te.yo.ro.me.i.ta。
  電車突然搖搖晃晃地停了下來。

變化程度篇

慢慢地變化：・だんだん: 漸漸地　・徐々（じょじょ）に: 慢慢地　・次第（しだい）に: 漸漸地

更進一步的變化：・ますます: 越來越…　・一層（いっそう）: 更…

大變化：・大幅（おおはば）に: 大幅地・格段（かくだん）に: 非常…・急激（きゅうげき）に: 劇烈地・がくんと: 一下子

從山田先生在職場打滾過程的起起伏伏，區分表示小變化、進一步的變化、大變化的日語副詞用法。

山田先生的職場日記

だんだん仕事（しごと）にも慣（な）れてきた。次第（しだい）に給料（きゅうりょう）が上（あ）がってきた。

da.n.da.n.shi.go.to.ni.mo.na.re.te.ki.ta。shi.da.i.ni.kyu.u.ryo.o.ga.a.ga.t.te.ki.ta。

漸漸熟悉了工作內容，薪水漸漸地提高了。

慢慢地變化

次第（しだい）に
shi.da.i.ni
漸漸

だんだん
da.n.da.n
漸漸

いっそう
一層
i.s.so.o
更加

更進一步地變化

課長に昇進すると、
一層がんばって仕事に励んだ。

ka.cho.o.ni.sho.o.shi.n.su.ru.to、
i.s.so.o.ga.n.ba.t.te.shi.go.to.ni.ha.ge.n.da。

升上課長後在工作上更加努力了。

がくんと
ga.ku.n.to
突然下降

大幅的變化

アメリカのサブプライムローン問題の
あおりで大幅に仕事が減り、
給料ががくんと減ってしまった。

a.me.ri.ka.no.sa.bu.pu.ra.i.mu.ro.o.n.mo.n.da.i.no.
a.o.ri.de.o.o.ha.ba.ni.shi.go.to.ga.he.ri、
kyu.u.ryo.o.ga.ga.ku.n.to.he.t.te.shi.ma.t.ta。

受到美國次級房貸問題的影響，工作量大幅地降低，
薪水一下子就縮水了。

じょじょ
徐々に
jo.jo.ni
慢慢地

慢慢地變化

人生、山あり谷あり。
そのうち徐々にいい方向に向かっていくと思う。

ji.n.se.i.ya.ma.a.ri.ta.ni.a.ri。
so.no.u.chi.jo.jo.ni.i.i.ho.o.ko.o.ni.mu.ka.t.te.i.ku.to.o.mo.u。

人生總是起起落落的，
我想慢慢地就會否極泰來了吧！

きゅう 急に

kyu.u.ni.

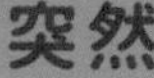

突然

1

いたたた…急にお腹が痛くなった。

i.ta.ta.ta…kyu.u.ni.o.na.ka.ga.i.ta.ku.na.t.ta。

痛痛痛…肚子突然好痛。

2

急に道の真ん中に飛び出すとあぶないよ。

kyu.u.ni.mi.chi.no.ma.n.na.ka.ni.to.bi.da.su.to.a.bu.na.i.yo。

突然衝到路中央很危險喔！

③

急(きゅう)に雲(くも)行(ゆ)きが怪(あや)しくなってきた。

kyu.u.ni.ku.mo.yu.ki.ga.a.ya.shi.ku.na.t.te.ki.ta。

雲的走向突然變得很奇怪。

④

社長(しゃちょう)が姿(すがた)を見(み)せると、
みんな急(きゅう)に忙(いそが)しそうに
仕事(しごと)をし始(はじ)めた。

sha.cho.o.ga.su.ga.ta.o.mi.se.ru.to、
mi.n.na.kyu.u.ni.i.so.ga.shi.so.o.ni.
shi.go.to.o.shi.ha.ji.me.ta。

董事長一出現，大家好像都
突然變忙了似的開始工作。

⑤

こんな時間(じかん)に
急(きゅう)に電話(でんわ)してごめんね。

ko.n.na.ji.ka.n.ni.kyu.u.ni.de.n.wa.shi.
te.go.me.n.ne。

抱歉這個時間突然打電話給你。

いきなり

i.ki.na.ri.

突然

正式場合 日常用語

1

いきなりうちにテレビ局(きょく)が取材(しゅざい)しに押(お)しかけてきた。

i.ki.na.ri.u.chi.ni.te.re.bi.kyo.ku.ga.shu.za.i.ni.o.shi.ka.ke.te.ki.ta。

電視公司突然來我家採訪。

2

準備体操(じゅんびたいそう)もしないでいきなりプールに飛(と)び込(こ)んだ。

ju.n.bi.ta.i.so.o.mo.shi.na.i.de.i.ki.na.ri.pu.u.ru.ni.to.bi.ko.n.da。

也不先做熱身操，

就突然跳到游泳池裡。

3

デビュー作(さく)がいきなりミリオンセラーを記録(きろく)した作家(さっか)。

de.byu.u.sa.ku.ga.i.ki.na.ri.mi.ri.o.n.se.ra.a.o.ki.ro.ku.shi.ta.sa.k.ka。

初試身手的處女作就一口氣突破

百萬本銷售紀錄的作家。

4

<ruby>いきなり重い物を持ち上げようとして、ぎっくり腰になった。</ruby>

いきなり重(おも)い物(もの)を持(も)ち上(あ)げようとして、ぎっくり腰(ごし)になった。

i.ki.na.ri.o.mo.i.mo.no.o.mo.chi.a.ge.yo.o.to.shi.te、gi.k.ku.ri.go.shi.ni.na.t.ta。

想一口氣將重物提起，結果閃到腰。

來對話吧！

あーっ！大事(だいじ)にしていたカップにひびが入(はい)っちゃった！

a.a.!da.i.ji.ni.shi.te.i.ta.ka.p.pu.ni.hi.bi.ga.ha.i.c.cha.t.ta！

啊！我的寶貝杯子竟然裂了！

いきなり熱(あつ)い物(もの)を入(い)れるからだよ。

i.ki.na.ri.a.tsu.i.mo.no.o.i.re.ru.ka.ra.da.yo。

因為妳突然倒了燙的東西進去呀！。

突然(とつぜん)

to.tsu.ze.n.

106

突然

正式場合　日常用語

1

人形(にんぎょう)が突然(とつぜん)動(うご)き出(だ)してびっくりした。

ni.n.gyo.o.ga.to.tsu.ze.n.u.go.ki.da.shi.te.bi.k.ku.ri.shi.ta。

人偶突然動了起來，嚇了我一跳。

2

ビルの上(うえ)から突然(とつぜん)看板(かんばん)が落(お)ちてきた。

bi.ru.no.u.e.ka.ra.to.tsu.ze.n.ka.n.ba.n.ga.o.chi.te.ki.ta。

招牌突然從大樓上掉了下來。

3

突然ですが、今日で会社を辞めて明日からアフリカに行って来ます。

to.tsu.ze.n.de.su.ga、kyo.o.de.ka.i.sha.o.ya.me.te.a.shi.ta.ka.ra.a.fu.ri.ka.ni.i.t.te.ki.ma.su。

抱歉非常突然，我決定今天辭職，

然後明天就要去非洲了。

4

何年も音信不通だった友人から突然連絡があった。

na.n.ne.n.mo.o.n.shi.n.fu.tsu.u.da.t.ta.yu.u.ji.n.ka.ra.to.tsu.ze.n.re.n.ra.ku.ga.a.t.ta。

好幾年音訊全無的朋友

突然跟我連絡了。

5

彼はある日突然姿を消した。

ka.re.wa.a.ru.hi.to.tsu.ze.n.su.ga.ta.o.ke.shi.ta。

我男朋友有一天就這麼突然消失了。

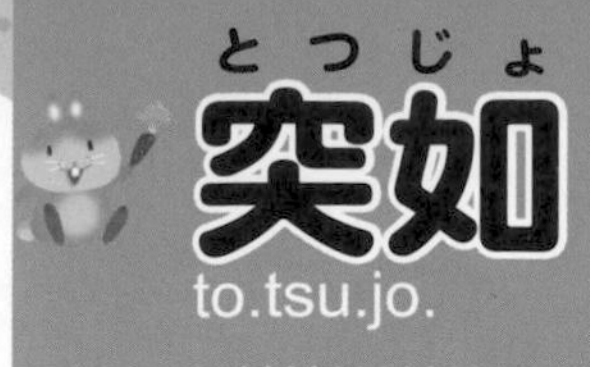

突如（とつじょ）

to.tsu.jo.

107

突然

正式場合

1

木陰から突如現れた熊に襲われました。

ko.ka.ge.ka.ra.to.tsu.jo.a.ra.wa.re.ta.ku.ma.ni.o.so.wa.re.ma.shi.ta。

被突然從樹蔭裡竄出的熊襲擊。

2

地面が突如揺れ始め、みんながパニックに陥った。

ji.me.n.ga.to.tsu.jo.yu.re.ha.ji.me、mi.n.na.ga.pa.ni.k.ku.ni.o.chi.i.t.ta。

地面突然開始搖晃，大家陷入一片恐慌。

3

姉が突如として婚活に目覚め、
お見合いパーティーに
足繁く通い始めた。

a.ne.ga.to.tsu.jo.to.shi.te.ko.n.ka.tsu.ni.me.za.me、
o.mi.a.i.pa.a.ti.i.ni.a.shi.shi.ge.ku.ka.yo.i.ha.ji.me.ta。

姐姐有如突然覺醒了一般，開始頻繁參加相親Party。

音楽界に突如現れた期待の新人。

o.n.ga.ku.ka.i.ni.to.tsu.jo.a.ra.wa.re.ta.ki.ta.i.
no.shi.n.ji.n。

樂壇突然出現了一位令人期待的新星。

「婚活」是「結婚活動」的省略，是最近的常用流行語。另外，「就活」是「就職活動」的省略。

にわかに

ni.wa.ka.ni.

突然

1

最近(さいきん)にわかにエコ商品(しょうひん)が脚光(きゃっこう)をあびています。

sa.i.ki.n.ni.wa.ka.ni.e.ko.sho.o.hi.n.ga.kya.k.ko.o.o.a.bi.te.i.ma.su。

最近跟環保相關的商品突然成為大家注目的焦點。

2

夕方(ゆうがた)になるとにわかに人(ひと)が増(ふ)えてきた。

yu.u.ga.ta.ni.na.ru.to.ni.wa.ka.ni.hi.to.ga.fu.e.te.ki.ta。

一到黃昏，人就突然變多了。

3

彼女は最近にわかに注目を集めている新人女優です。

ka.no.jo.wa.sa.i.ki.n.ni.wa.ka.ni.chu.u.mo.ku.o.a.tsu.me.te.i.ru.shi.n.ji.n.jo.yu.u.de.su。

她是最近突然受到注目的新演員。

4

世界ではにわかに信じられないような出来事が日々起こっている。

se.ka.i.de.wa.ni.wa.ka.ni.shi.n.ji.ra.re.na.i.yo.o.na.de.ki.go.to.ga.hi.bi.o.ko.t.te.i.ru。

世界上每天都在發生

令人難以置信的突發事件。

5

にわかに降り出す雨を『にわか雨』と言います。

ni.wa.ka.ni.fu.ri.da.su.a.me.o.『ni.wa.ka.a.me』to.i.i.ma.su。

突然下的雨稱作「驟雨」。

不意に

fu.i.ni.

MP3 109

突然、出乎意料地

1

不意に父親が訪ねてきた。

fu.i.ni.chi.chi.o.ya.ga.ta.zu.ne.te.ki.ta。

爸爸突然來訪。

2

不意に呼び止められて振り向くと、小学校時代の友だちだった。

fu.i.ni.yo.bi.to.me.ra.re.te.fu.ri.mu.ku.to、
sho.o.ga.k.ko.o.ji.da.i.no.to.mo.da.chi.da.t.ta。

突然被叫住，回頭一看，
原來是小學時的朋友。

3

不意に思いついて、
妻に花束を買って帰った。

fu.i.ni.o.mo.i.tsu.i.te、
tsu.ma.ni.ha.na.ta.ba.o.ka.t.te.ka.e.t.ta。

突然想到就買了束花回去送給老婆。

4

彼女の優しさに、
不意に涙がこぼれてきた。

ka.no.jo.no.ya.sa.shi.sa.ni、
fu.i.ni.na.mi.da.ga.ko.bo.re.te.ki.ta。

想到她的體貼，眼淚就突然湧了出來。

5

その男の子を見ていると、
不意に小さい頃の弟を思い出した。

so.no.o.to.ko.no.ko.o.mi.te.i.ru.to、fu.i.ni.chi.i.
sa.i.ko.ro.no.o.to.o.to.o.o.mo.i.da.shi.ta。

看著那個小男孩，

突然回憶起弟弟小時候的樣子。

途端に

to.ta.n.ni.

一…就…、馬上、立刻

1

おかあさんが抱っこすると、
赤ちゃんは途端に泣きやんだ。

o.ka.a.sa.n.ga.da.k.ko.su.ru.to、
a.ka.cha.n.wa.to.ta.n.ni.na.ki.ya.n.da。

媽媽一抱，嬰兒就不哭了。

2

結婚したら、途端にもてなくなった。

ke.k.ko.n.shi.ta.ra、to.ta.n.ni.mo.te.na.ku.na.t.ta。

一結婚就乏人問津了。

3

子どもたちの無邪気な笑顔を見ると、途端に疲れが吹き飛んだ。

ko.do.mo.ta.chi.no.mu.ja.ki.na.e.ga.o.o.mi.te.ru.to、to.ta.n.ni.tsu.ka.re.ga.fu.ki.to.n.da。

看到小孩子們天真無邪的笑容，

疲勞的感覺立刻就煙消雲散了。

4

上司がいなくなると、途端に緊張の糸が緩んだ。

jo.o.shi.ga.i.na.ku.na.ru.to、to.ta.n.ni.ki.n.cho.o.no.i.to.ga.yu.ru.n.da。

上司一不在，

緊繃的神經立刻就得以舒緩。

至急

shi.kyu.u.

111

趕緊、立刻…

正式場合

1

彼女(かのじょ)の居場所(いばしょ)がわかったら、至急(しきゅう)私(わたし)に知(し)らせてください。

ka.no.jo.no.i.ba.sho.ga.wa.ka.t.ta.ra、shi.kyu.u.wa.ta.shi.ni.shi.ra.se.te.ku.da.sa.i。

如果知道她在哪裡請立刻通知我。

2

了解(りょうかい)。至急(しきゅう)現場(げんば)に向(む)かいます。

ryo.o.ka.i。shi.kyu.u.ge.n.ba.ni.mu.ka.i.ma.su。

了解。我立刻到現場。

3

みんな大至急(だいしきゅう)集(あつ)まって！

mi.n.na.da.i.shi.kyu.u.a.tsu.ma.t.te。

大家立刻集合！

4

至急会社の方にお戻りください。

shi.kyu.u.ka.i.sha.no.ho.o.ni.o.mo.do.ri.ku.da.sa.i。

請立刻回公司。

來對話吧！

先生、妻が急に産気づいたんです。

se.n.se.i、tsu.ma.ga.kyu.u.ni.sa.n.ke.zu.i.ta.n.de.su。

醫生，我太太快生了！

至急タクシーでこちらに連れてきてください。

shi.kyu.u.ta.ku.shi.i.de.ko.chi.ra.ni.tsu.re.te.ki.te.ku.da.sa.i。

請立刻搭計程車把她送過來。

急遽（きゅうきょ）

kyu.u.kyo.

112

緊急、立刻…

正式場合

1

急患（きゅうかん）が出（で）た飛行機（ひこうき）は急遽空港（きゅうきょくうこう）に引（ひ）き返（かえ）した。

kyu.u.ka.n.ga.de.ta.hi.ko.o.ki.wa.kyu.u.kyo.ku.u.ko.o.ni.hi.ki.ka.e.shi.ta。

突然出現急症病患，飛機緊急返回機場。

2

アーティストが急病（きゅうびょう）のため、
コンサートは急遽中止（きゅうきょちゅうし）になりました。

a.a.ti.su.to.ga.kyu.u.byo.o.no.ta.me、ko.n.sa.a.to.wa.kyu.u.kyo.chu.u.shi.ni.na.ri.ma.shi.ta。

由於歌手突然生病，演唱會緊急暫停。

3

クーデターが起こり、首相は急遽帰国した。

ku.u.de.ta.a.ga.o.ko.ri、shu.sho.o.wa.kyu.u.kyo.ki.ko.ku.shi.ta。

發生政變，首相緊急回國了。

4

課長の代わりに急遽私がマレーシア出張に行くことになった。

ka.cho.o.no.ka.wa.ri.ni.kyu.u.kyo.wa.ta.shi.ga.ma.re.e.shi.a.ni.shu.c.cho.o.ni.i.ku.ko.to.ni.na.t.ta。

我緊急代替課長去馬來西亞出差。

5

祖父が倒れたと聞いて急遽実家に戻った。

so.fu.ga.ta.o.re.ta.to.ki.i.te.kyu.u.kyo.ji.k.ka.ni.mo.do.t.ta。

聽到祖父病倒的消息我立刻趕回老家。

ただちに

ta.da.chi.ni.

立刻…

正式場合

1

もし私(わたし)に至(いた)らないところがあれば
ただちに改(あらた)めますので、
どうぞおっしゃってください。

mo.shi.wa.ta.shi.ni.i.ta.ra.na.i.to.ko.ro.ga.a.re.ba.ta.da.chi.ni.a.ra.ta.me.ma.su.no.de、do.o.zo.o.s.sha.t.te.ku.da.sa.i。

如果有不周到的地方我會立刻改進，所以請務必告訴我！

2

ここは危険(きけん)です。ただちに避難(ひなん)してください。

ko.ko.wa.ki.ke.n.de.su。ta.da.chi.ni.hi.na.n.shi.te.ku.da.sa.i。

這裡很危險。請立刻去避難。

3

製品(せいひん)に不備(ふび)がございましたら、ただちにご連絡(れんらく)ください。

se.i.hi.n.ni.fu.bi.ga.go.za.i.ma.shi.ta.ra、ta.da.chi.ni.go.re.n.ra.ku.ku.da.sa.i。

如果產品有問題，

請立刻與我們連絡。

4

インフルエンザ感染者(かんせんしゃ)はただちに指定病院(していびょういん)に隔離(かくり)された。

i.n.fu.ru.e.n.za.ka.n.se.n.sha.wa.ta.da.chi.ni.shi.te.i.byo.o.i.n.ni.ka.ku.ri.sa.re.ta。

流感患者會立刻被隔離在指定醫院中。

5

センサーが煙(けむり)を探知(たんち)すると、ただちにスプリンクラーが作動(さどう)します。

se.n.sa.a.ga.ke.mu.ri.o.ta.n.chi.su.ru.to、ta.da.chi.ni.su.pu.ri.n.ku.ra.a.ga.sa.do.o.shi.ma.su。

感應器只要偵測到煙霧就會

立刻啟動自動灑水裝置。

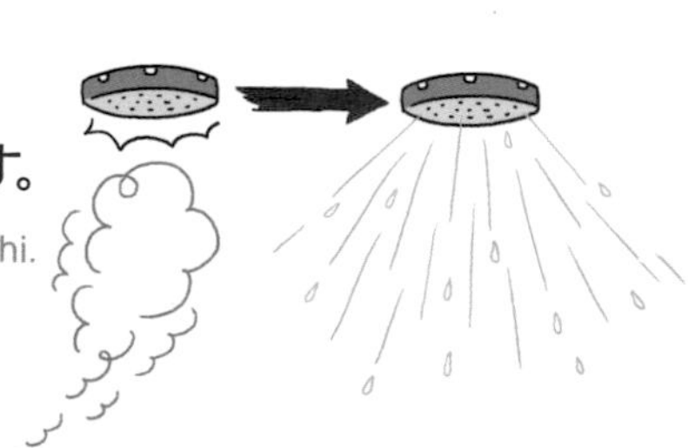

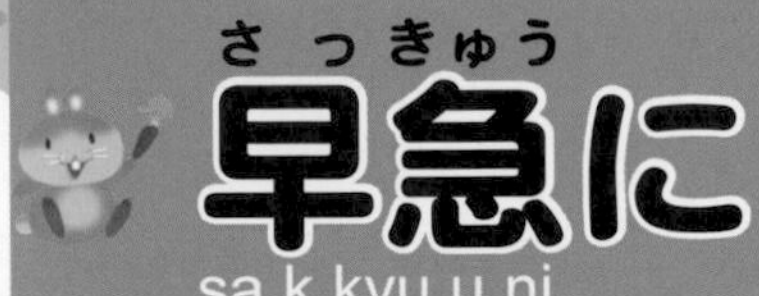

早急に

sa.k.kyu.u.ni.

114

緊急、趕快…

正式場合

1

この案件は社に持ち帰って早急に検討いたします。

ko.no.a.n.ke.n.wa.sha.ni.mo.chi.ka.e.t.te.
sa.k.kyu.u.ni.ke.n.to.o.i.ta.shi.ma.su。

此案將被帶回公司做緊急檢討。

2

早急にインフルエンザ対策を打ち出さなくてはならない。

sa.k.kyu.u.ni.i.n.fu.ru.e.n.za.ta.i.sa.ku.o.
u.chi.da.sa.na.ku.te.wa.na.ra.na.i。

得趕快提出流感防護對策。

③

ここは危険(きけん)だ。
早急(さっきゅう)にに引(ひ)き上(あ)げよう！

ko.ko.wa.ki.ke.n.da。sa.k.kyu.u.ni.hi.ki.a.ge.yo.o！

這裡很危險。緊急撤退！

④

早急(さっきゅう)に作業(さぎょう)に取(と)りかかってください。

sa.k.kyu.u.ni.sa.gyo.o.ni.to.ri.ka.ka.t.te.ku.da.sa.i。

請趕快著手進行作業。

⑤

会社(かいしゃ)は早急(さっきゅう)に未払(みばら)いの
残業代(ざんぎょうだい)を支払(しはら)うべきだ。

ka.i.sha.wa.sa.k.kyu.u.ni.mi.ba.ra.i.no.za.n.gyo.o.da.i.o.shi.ha.ra.u.be.ki.da。

公司應該趕快把未付的加班費還來！

すぐに

su.gu.ni.

馬上…

1

これ、私(わたし)の携帯(けいたい)の番号(ばんごう)です。
何(なに)かあったらすぐに電話(でんわ)してください。

ko.re、wa.ta.shi.no.ke.i.ta.i.no.ba.n.go.o.de.su。
na.ni.ka.a.t.ta.ra.su.gu.ni.de.n.wa.shi.te.ku.da.sa.i。

這個是我的手機號碼。

有事的話請馬上跟我連絡。

2

無事(ぶじ)日本(にほん)に着(つ)いたらすぐに

メールします。

bu.ji.ni.ho.n.ni.tsu.i.ta.ra.su.gu.ni.me.
e.ru.shi.ma.su。

平安到日本後馬上傳簡訊給妳。

3

バスはすぐに出発(しゅっぱつ)します。

ba.su.wa.su.gu.ni.shu.p.pa.tsu.shi.ma.su。

巴士馬上就要出發了。

4

ふたりは出会(であ)ってすぐに恋(こい)に落(お)ちた。

fu.ta.ri.wa.de.a.t.te.su.gu.ni.ko.i.ni.o.chi.ta。

兩人相遇後馬上墜入愛河。

注意！

「すぐには」：馬上。也可用在否定時。

- 「すぐにはできません。」無法馬上。
  su.gu.ni.wa.de.ki.ma.se.n。
- 「すぐには帰(かえ)れない。」無法馬上回去。
  su.gu.ni.wa.ka.e.ra.re.na.i。
- 「すぐにはお答(こた)えできません。」無法馬上回答。
  su.gu.ni.wa.ko.ta.e.de.ki.ma.se.n。

早速(さっそく)

sa.s.so.ku.

馬上、立刻…

1

届(とど)いたパソコンを
早速(さっそく)セットアップした。

to.do.i.ta.pa.so.ko.n.o.
sa.s.so.ku.se.t.to.a.p.pu.shi.ta。

馬上將剛送到的電腦設定好。

2

送(おく)ってもらったおいしいりんごを、
早速(さっそく)お隣(となり)にもおすそ分(わ)けしました。

o.ku.t.te.mo.ra.t.ta.o.i.shi.i.ri.n.go.o、sa.s.so.
ku.o.to.na.ri.ni.mo.o.su.so.wa.ke.shi.ma.shi.ta。

剛收到美味的蘋果
就馬上分送給鄰居們了。

3

では早速(さっそく)ですが、
打(う)ち合(あ)わせに入(はい)りましょう。

de.wa.sa.s.so.ku.de.su.ga、
u.chi.a.wa.se.ni.ha.i.ri.ma.sho.o。

那麼立刻開始開會吧！

4

先週オープンしたショッピングセンターに早速行ってみた。

se.n.shu.u.o.o.pu.n.shi.ta.sho.p.pi.n.gu.se.n.ta.a.ni.sa.s.so.ku.i.t.te.mi.ta。

馬上去了上週才剛開幕的購物中心逛逛。

來對話吧!

沢田さんが脚の骨を折って入院したんだって。

sa.wa.da.sa.n.ga.a.shi.no.ho.ne.o.o.t.te.nyu.u.i.n.shi.ta.n.da.t.te。

聽說澤田先生腳骨折住院了。

本当に?早速お見舞いに行かなくちゃ。

ho.n.to.o.ni?sa.s.so.ku.o.mi.ma.i.ni.i.ka.na.ku.cha。

真的嗎?那得馬上去探望一下。

緊急程度篇

- 至急（しきゅう）：趕緊
- 急遽（きょ）：緊急
- ただちに：立刻
- 早急（さっきゅう）：趕快
- すぐに：馬上
- 早速（さっそく）：立刻

在危險逼近時我們勢必會因應狀況而做出判斷與反應。以下用一個有被洪水侵襲之虞的村落為例，將緊急程度由高到低介紹以上這些副詞的使用方法。

① **至急**（しきゅう）
shi.kyu.u
趕緊

至急（しきゅう）川（かわ）から離（はな）れてください。
shi.kyu.u.ka.wa.ka.ra.ha.na.re.te.ku.da.sa.i。
請趕緊離開河川。

十萬火急！ 趕快！

至急 趕緊　緊急　ただちに 立刻

② 急遽（きょ）

kyu.u.kyo

緊急

急遽体育館（きゅうきょたいいくかん）が避難場所（ひなんばしょ）になった。

kyu.u.kyo.ta.i.i.ku.ka.n.ga.hi.na.n.ba.sho.ni.na.t.ta。

體育館緊急成為避難所。

③ ただちに

ta.da.chi.ni

立刻

ただちに体育館（たいいくかん）に避難（ひなん）してください。

ta.da.chi.ni.ta.i.i.ku.ka.n.ni.hi.na.n.shi.te.ku.da.sa.i。

請立刻到體育館避難。

④ 早急

さっきゅう
早急
sa.k.kyu.u
趕快

早急（さっきゅう）に洪水対策本部（こうずいたいさくほんぶ）を設（もう）けよう。
sa.k.kyu.u.ni.ko.o.zu.i.ta.i.sa.ku.ho.n.bu.o.mo.o.ke.yo.o。
趕快設立防洪總部吧！

⑤ すぐに

すぐに
su.gu.ni
馬上

こんな場所（ばしょ）でもすぐに眠（ねむ）れる人（ひと）が羨（うらや）ましい。
ko.n.na.ba.sho.de.mo.su.gu.ni.ne.mu.re.ru.hi.to.ga.u.ra.ya.ma.shi.i。
真羨慕在這種地方還能馬上睡著的人。

十萬火急！ 趕快！

至急 趕緊　緊急　ただちに 立刻

⑥ **早速**（さっそく）
sa.s.so.ku
立刻

翌朝早速救援物資が届いた。（よくあささっそくきゅうえんぶっしがとどいた）
yo.ku.a.sa.sa.s.so.ku.kyu.u.e.n.bu.s.shi.ga.to.do.i.ta。
隔天早上救援物資立刻送達。

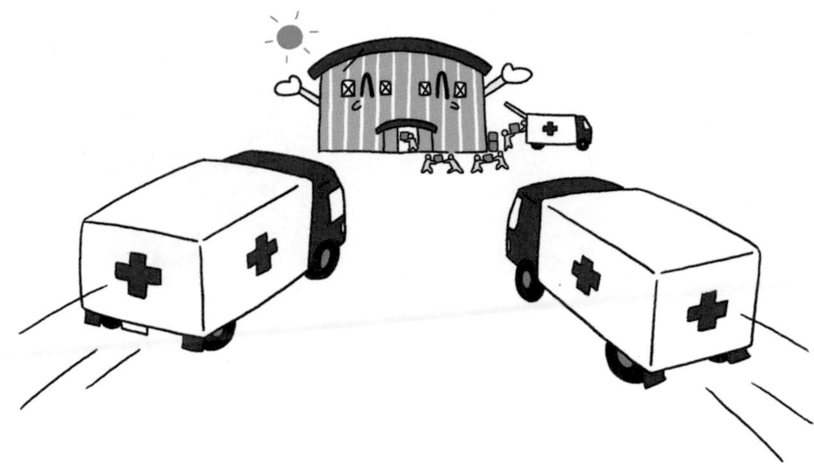

すぐさま

su.gu.sa.ma.

馬上…

正式場合

日常用語

1

トイレやお風呂の水詰まりを
すぐさま解消します。

to.i.re.ya.o.fu.ro.no.mi.zu.tsu.ma.ri.o.
su.gu.sa.ma.ka.i.sho.o.shi.ma.su。

馬上就把廁所跟浴室積水的狀況解決了。

2

近所でドラマ撮影をしていると知った母は、
すぐさま現場に駆けつけた。

ki.n.jo.de.do.ra.ma.sa.tsu.e.i.o.shi.te.i.ru.to.shi.t.ta.ha.
ha.wa、su.gu.sa.ma.ge.n.ba.ni.ka.ke.tsu.ke.ta。

媽媽一知道附近在拍攝連續劇
馬上就衝去現場了。

3

ひどい出血！すぐさま止血しないと。

hi.do.i.shu.k.ke.tsu!su.gu.sa.ma.shi.ke.tsu.shi.na.i.to。

流了好多血！非立即止血不可。

4

ぐらっと来たら、すぐさま火を消しましょう。

gu.ra.t.to.ki.ta.ra、su.gu.sa.ma.hi.o.ke.shi.ma.sho.o。

地震發生時，請馬上關閉火源。

5

ドアを開けるとすぐさま猫が入ってきた。

do.a.o.a.ke.ru.to.su.gu.sa.ma.ne.ko.ga.ha.i.t.te.ki.ta。

門一開，貓馬上就跑進來了。

注意！

「ぐらっと来たら」指的是地震來襲時，「ぐらっと来たら、火を止めよう。」經常被用來當作地震的警示標語。

gu.ra.t.to.ki.ta.ra、hi.o.to.me.yo.o。

su.ka.sa.zu.

1

チャンスはすかさず掴(つか)むのだ！

cha.n.su.wa.su.ka.sa.zu.tsu.ka.mu.no.da！

立刻抓住機會！

2

目(め)の前(まえ)の席(せき)が空(あ)いたので座(すわ)ろうとしたら、
横(よこ)からすかさずおばさんに座(すわ)られた。

me.no.ma.e.no.se.ki.ga.a.i.te.i.ta.no.de.su.wa.ro.o.to.shi.ta.ra、
yo.ko.ka.ra.su.ka.sa.zu.o.ba.sa.n.ni.su.wa.ra.re.ta。

看到前面有空的座位，正打算要坐的時候，

立刻被旁邊的大嬸捷足先登了。

3

グラスが空(から)になったら、
隣(となり)の人(ひと)がすかさずビールを注(そそ)いでくれた。

gu.ra.su.ga.ka.ra.ni.na.t.ta.ra、
to.na.ri.no.hi.to.ga.su.ka.sa.zu.bi.i.ru.o.
so.so.i.de.ku.re.ta。

玻璃杯一空，
隔壁的人就立刻幫我倒啤酒。

4

妹(いもうと)は最新(さいしん)ファッションをすかさずチェックしている。

i.mo.o.to.wa.sa.i.shi.n.fa.s.sho.n.o.su.ka.sa.
zu.che.k.ku.shi.te.i.ru。

妹妹拿到新一期的雜誌立刻察看最新的流行時尚。

注意！

すかさず有「馬上不讓機會跑走」的意思。

とっさに

to.s.sa.ni.

一瞬間…、立刻

1

落下物からとっさに身をかわして助かった。

ra.k.ka.bu.tsu.ka.ra.to.s.sa.ni.mi.o.ka.wa.shi.te.ta.su.ka.t.ta。

東西落下的那一瞬間我一個轉身得救了。

2

親鳥はとっさに蛇から雛たちをかばった。

o.ya.do.ri.wa.to.s.sa.ni.he.bi.ka.ra.hi.na.ta.chi.o.ka.ba.t.ta。

鳥爸爸和鳥媽媽瞬間擋在幼鳥前阻止蛇的攻擊。

3

母が部屋に入ってきたので、

とっさにマンガを隠した。

ha.ha.ga.he.ya.ni.ha.i.t.te.ki.ta.no.de、
to.s.sa.ni.ma.n.ga.o.ka.ku.shi.ta。

媽媽開房門的瞬間，

我立刻把漫畫藏了起來。

4

火事に気付いてとっさに逃げ出しました。

ka.ji.ni.ki.zu.i.te.to.s.sa.ni.ni.ge.da.shi.ma.shi.ta。

發現火災立刻就逃了出去。

來對話吧！

すごいね、とっさに日本語で答えられるなんて。

su.go.i.ne、to.s.sa.ni.ni.ho.n.go.de.ko.ta.e.ra.re.ru.na.n.te。

好厲害，竟然可以立刻用日語回答。

これで勉強していたからね。

ko.re.de.be.n.kyo.o.shi.te.i.ta.ka.ra.ne。

因為有看這個先作準備囉！

即座に（そくざに）

so.ku.za.ni.

120

立刻…

正式場合

彼は即座に質問に答えた。

（かれ、そくざ、しつもん、こた）

ka.re.wa.so.ku.za.ni.shi.tsu.mo.n.ni.ko.ta.e.ta。

他立刻就回答了問題。

どんな悩みも即座に解決します。

（なや、そくざ、かいけつ）

do.n.na.na.ya.mi.mo.so.ku.za.ni.ka.i.ke.tsu.shi.ma.su。

不管是什麼樣的煩惱都可以立刻解決。

3

救急車が即座に事故現場に駆けつけた。

kyu.u.kyu.u.sha.ga.so.ku.za.ni.ji.ko.ge.n.ba.ni.ka.ke.tsu.ke.ta。

救護車即時趕到事故現場。

4

電話一本でできたてを即座にお届け！黑猫ピザ。

de.n.wa.i.p.po.n.de.de.ki.ta.te.o.so.ku.za.ni.o.to.do.ke！ku.ro.ne.ko.pi.za。

只要一通電話，

立刻送達！黑貓披薩。

5

不審者が侵入したら即座に駆けつけます。

fu.shi.n.sha.ga.shi.n.nyu.u.shi.ta.ra.so.ku.za.ni.ka.ke.tsu.ke.ma.su。

只要有可疑人士入侵，

立即驅車前往。

いち早く

i.chi.ha.ya.ku.

迅速

1

この春のトレンドを
いち早く取り入れた品揃えです。

ko.no.ha.ru.no.to.re.n.do.o.i.chi.ha.ya.ku.to.ri.i.re.ta.shi.na.zo.ro.e.de.su。

這些是即將迅速引領今年春季潮流的新鮮貨。

2

ネットで国内外の最新音楽
ニュースをいち早くチェックする。

ne.t.to.de.ko.ku.na.i.ga.i.no.sa.i.shi.n.o.n.ga.ku.nyu.u.su.o.i.chi.ha.ya.ku.che.k.ku.su.ru。

用網路迅速地得知國內外的最新音樂資訊。

3

携帯電話でいち早く株の動きを掴んでいます。

ke.e.ta.i.de.n.wa.de.i.chi.ha.ya.ku.ka.bu.no.u.go.ki.o.tsu.ka.n.de.i.ma.su。

以手機迅速掌握股市動態。

4

ショールームで新車の乗り心地をいち早く体験する。

sho.o.ru.u.mu.de.shi.n.sha.no.no.ri.go.ko.chi.o.i.chi.ha.ya.ku.ta.i.ke.n.su.ru。

迅速地在展示間體驗乘坐新車的感覺。

5

メールマガジンに登録された方に、イベント情報をいち早くお届けします。

me.e.ru.ma.ga.shi.n.ni.to.o.ro.ku.sa.re.ta.ka.ta.ni、i.n.be.n.do.jo.o.ho.o.o.i.chi.ha.ya.ku.o.to.do.ke.shi.ma.su。

有申請電子報的用戶就會立刻收到最新的活動消息。

あっという間(ま)に

a.t.to.i.u.ma.ni.

MP3 122

一眨眼…

正式場合　日常用語

1

あっという間(ま)にかき氷(ごおり)が溶(と)けた。

a.t.to.i.u.ma.ni.ka.ki.go.o.ri.ga.to.ke.ta。

一眨眼，刨冰就融化了。

2

あっという間(ま)に桜(さくら)が散(ち)っていった。

a.t.to.i.u.ma.ni.sa.ku.ra.ga.chi.t.te.i.t.ta。

一眨眼，櫻花就謝了。

3

このスライサーを使(つか)えば、
あっという間(ま)にキャベツの千切(せんぎ)りができます。

ko.no.su.ra.i.sa.a.o.tsu.ka.e.ba、a.t.to.i.u.ma.ni.kya.be.tsu.no.se.n.gi.ri.ga.de.ki.ma.su。

使用這個刨刀，一眨眼的功夫高麗菜絲就刨好了。

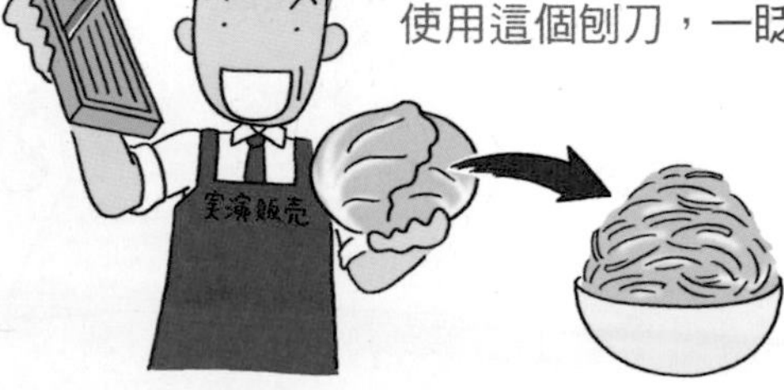

4

あのパン屋（や）のメロンパンはあっという間（ま）に売（う）り切（き）れる。

a.no.pa.n.ya.no.me.ro.n.pa.n.wa.a.t.to.i.u.ma.ni.u.ri.ki.re.ru。

那間麵包店的菠蘿麵包

一眨眼就賣光了。

來對話吧！

気（き）がついたらもう12月（じゅうにがつ）も半（なか）ば過（す）ぎだ。

ki.ga.tsu.i.ta.ra.mo.o.ju.u.ni.ga.tsu.mo.na.ka.ba.su.gi.da。

發現的時候12月已經過了一半了。

今年（ことし）もあっという間（ま）に過（す）ぎた感（かん）じだね。

ko.to.shi.mo.a.t.to.i.u.ma.ni.su.gi.ta.ka.n.ji.da.ne。

感覺今年也一眨眼就過了呢！

たちどころに

ta.chi.do.ko.ro.ni.

馬上、當下就…

1

シャーロック・ホームズはどんな難事件（なんじけん）もたちどころに解決（かいけつ）する。

sha.a.ro.k.ku・ho.o.mu.zu.wa.do.n.na.na.n.ji.ke.n.mo.ta.chi.do.ko.ro.ni.ka.i.ke.tsu.su.ru。

不管多困難的案件
福爾摩斯都能馬上解決。

2

鍼（はり）を打（う）ってもらうと、たちどころに腰（こし）の痛（いた）みが消（き）えた。

ha.ri.o.u.t.te.mo.ra.u.to、ta.chi.do.ko.ro.ni.ko.shi.no.i.ta.mi.ga.ki.e.ta。

針一刺，腰當下就不痛了。

3

手相を見れば、たちどころにあなたの運勢がわかるのです。

te.so.o.o.mi.re.ba、ta.chi.do.ko.ro.ni.a.na.ta.no.u.n.se.i.ga.wa.ka.ru.no.de.su。

看了手相馬上就可以知道你的運勢。

4

「どんな病気もたちどころに治す」という怪しげな薬を買わされてしまった。

「do.n.na.byo.o.ki.mo.ta.chi.do.ko.ro.ni.na.o.su.」to.i.u.a.ya.shi.ge.na.ku.su.ri.o.ka.wa.sa.re.te.shi.ma.t.ta

被迫買了一種「不管什麼病都能立刻藥到病除」的怪藥。

5

このサイトで人気ナンバーワンになった日本酒はたちどころに品切れになった。

ko.no.sa.i.to.de.ni.n.ki.na.n.ba.a.wa.n.ni.na.t.ta.ni.ho.n.shu.wa.ta.chi.do.ko.ro.ni.shi.na.gi.re.ni.na.t.ta。

這個網站上人氣Number One的日本酒立刻就銷售一空。

たちまち

ta.chi.ma.chi.

轉眼間

1

薬を飲むとたちまち熱が下がった。

ku.su.ri.o.no.mu.to.ta.chi.ma.chi.ne.tsu.ga.sa.ga.t.ta。

藥一吃，轉眼間就退燒了。

2

先生のおかげで、
祖母はたちまち元気になりました。

se.n.se.i.no.o.ka.ge.de、
so.bo.wa.ta.chi.ma.chi.ge.n.ki.ni.na.ri.ma.shi.ta。

多虧了醫生，祖母轉眼間就恢復健康了。

パワフルな効き目！
消臭スプレー

スプレーを撒くといやな臭いがたちまち消えました。

su.pu.re.e.o.ma.ku.to.i.ya.na.ni.o.i.ga.ta.chi.ma.chi.ki.e.ma.shi.ta。

一噴灑除臭劑，臭味轉眼間就消失了。

4

新社長は傾きかけた会社をたちまち立て直した。

shi.n.sha.cho.o.wa.ka.ta.mu.ki.ka.ke.ta.ka.i.sha.o.ta.chi.ma.chi.ta.te.na.o.shi.ta。

新老闆轉眼間便將搖搖欲墜的公司重新整頓好。

來對話吧！

母は何があってもヨン様の笑顔でたちまち上機嫌になるの。

ha.ha.wa.na.ni.ga.a.t.te.mo.yo.n.sa.ma.no.e.ga.o.de.ta.chi.ma.chi.jo.o.ki.ge.n.ni.na.ru.no。

我媽媽不管發生什麼事，只要看到裴勇俊的笑容，轉眼間心情就會變得非常好。

うちの母もたちまち目がハート型になるよ。

u.chi.no.ha.ha.mo.ta.chi.ma.chi.me.ga.ha.a.to.ga.ta.ni.na.ru.yo。

我媽媽的眼睛也會瞬間變成愛心形狀呢！

しばらく

shi.ba.ra.ku.

一段時間、片刻…

1

ただ今(いま)電話(でんわ)が混(こ)み合(あ)っております。
しばらくお待(ま)ちください。

ta.da.i.ma.de.n.wa.ga.ko.mi.a.t.te.o.ri.ma.su。
shi.ba.ra.ku.o.ma.chi.ku.da.sa.i。

現在有多支電話佔線。請稍待片刻。

2

しばらく姿(すがた)を見掛(みか)けないから、
みんなであなたのことを
心配(しんぱい)してたんですよ。

shi.ba.ra.ku.su.ga.ta.o.mi.ka.ke.na.i.ka.ra、
mi.n.na.de.a.na.ta.no.ko.to.o.shi.n.pa.i.shi.
te.ta.n.de.su.yo。

有一段時間沒看到妳了，
大家都很擔心妳喔！

3

体調(たいちょう)を崩(くず)して
しばらく入院(にゅういん)していました。

ta.i.cho.o.o.ku.zu.shi.te.shi.ba.ra.ku.nyu.
u.i.n.shi.te.i.ma.shi.ta。

身體狀況不佳，住院了一段時間。

4 この先(さき)しばらくトイレはありませんので、今(いま)のうちに行(い)っておいてください。

ko.no.sa.ki.shi.ba.ra.ku.to.i.re.wa.a.ri.ma.se.n.no.de、i.ma.no.u.chi.ni.i.t.te.o.i.te.ku.da.sa.i。

接下來前往的地點暫時不會有洗手間，所以請大家趁現在先去。

來對話吧！

あれ、白浜(しらはま)さん！しばらくぶり〜。
a.re、shi.ra.ha.ma.sa.n！shi.ba.ra.ku.bu.ri~。
咦？白濱先生！一段時間沒見了〜。

本当(ほんとう)にしばらくぶりだね。元気(げんき)だった？
ho.n.to.o.ni.shi.ba.ra.ku.bu.ri.da.ne。ge.n.ki.da.t.ta？
真的是一段時間沒見了呢！妳好嗎？

注意！

日常會話中常用簡短的「しばらくぶり（にお会(あ)いしますね）。」代替問候。
shi.ba.ra.ku.bu.ri(ni.o.a.i.shi.ma.su.ne)

とうぶん
当分

to.o.bu.n.

MP3 126

暫時、目前、一時之間、最近

正式場合 日常用語

1

つごう
都合により、
とうぶんやす
当分休ませていただきます。

tsu.go.o.ni.yo.ri、
to.o.bu.n.ya.su.ma.se.te.i.ta.da.ki.ma.su。

本店因故暫時歇業。

2

かれ　いちどたび　で　とうぶんかえ　こ
彼は一度旅に出たら当分帰って来ない。

ka.re.wa.i.chi.do.ta.bi.ni.de.ta.ra.to.o.bu.n.ka.e.t.te.ko.na.i。

他只要出去旅行，就暫時不會回來了。

3

父の急死により、私は当分働かないで暮らせるだけの遺産を手に入れた。

chi.chi.no.kyu.u.shi.ni.yo.ri、wa.ta.shi.wa.to.o.bu.n.ha.ta.ra.ka.na.i.de.ku.ra.se.ru.da.ke.no.i.sa.n.o.te.ni.i.re.ta。

由於父親的驟逝，我拿到了一筆遺產，目前暫時不用工作也可生活無虞。

4

電気自動車が一般に普及するのは、当分先でしょう。

de.n.ki.ji.do.o.sha.ga.i.p.pa.n.ni.fu.kyu.u.su.ru.no.wa、to.o.bu.n.sa.ki.de.sho.o。

目前電氣車要達到普及，還要一段時間吧！

5

あの電車を逃すと、次の電車まで当分時間が空いてしまう。

a.no.de.n.sha.o.no.ga.su.to、zu.gi.no.de.n.sha.ma.de.to.o.bu.n.ji.ka.n.ga.a.i.te.shi.ma.u。

錯過那班電車，

一時之間下一班還不會來。

当面

to.o.me.n.

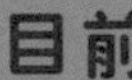

目前

1

メタボ解消のため、
今日から当面ビールは抜きよ。

me.ta.bo.ka.i.sho.o.no.ta.me、
kyo.o.ka.ra.to.o.me.n.bi.i.ru.wa.nu.ki.yo。

為解決代謝不良的問題，
就從今天此刻開始戒掉啤酒吧！

2

危険箇所が見つかったので、
すべり台は当面使用禁止にします。

ki.ke.n.ka.sho.ga.mi.tsu.ka.t.ta.no.de、su.be.ri.
da.i.wa.to.o.me.n.shi.yo.o.ki.n.shi.ni.shi.ma.su。

有危險之虞因此溜滑梯目前禁止使用。

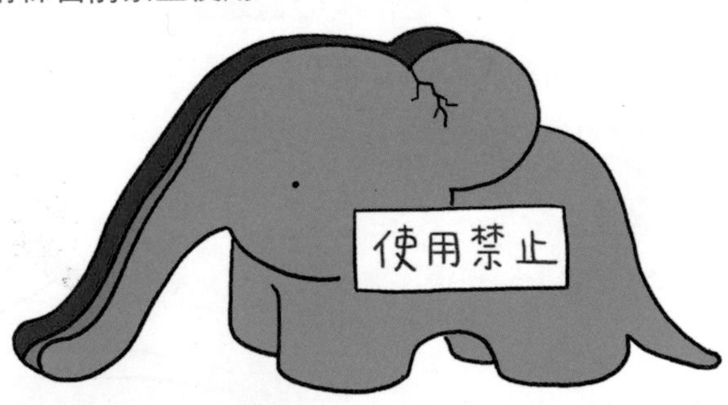

3

賃上げは当面見送られることになった。

chi.n.a.ge.wa.to.o.me.n.mi.o.ku.ra.re.ru.ko.to.ni.na.t.ta。

提高薪資這件事目前只能暫時擱置。

4

この寒さは当面続く見込みです。

ko.no.sa.mu.sa.wa.to.o.me.n.tsu.zu.ku.mi.ko.mi.de.su。

預計這波寒流目前仍會持續發威。

注意！

「当面」強烈含有「現在開始往後一小段的時間」的意味。

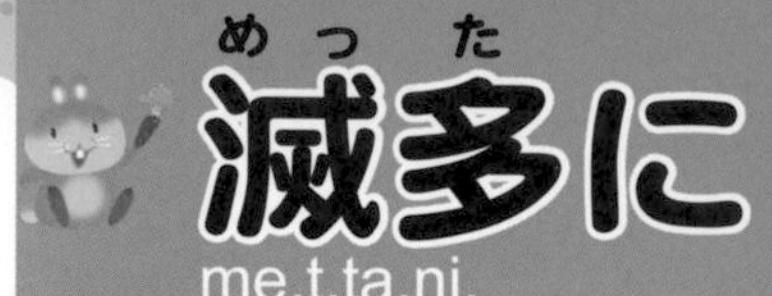

滅多に(めったに)

me.t.ta.ni.

128

很少…

1

こんなチャンスは滅多(めった)にありませんよ！

ko.n.na.cha.n.su.wa.me.t.ta.ni.a.ri.ma.se.n.yo！

這種機會很少有喔！

2

野村(のむら)さんは滅多(めった)に笑(わら)わない。

no.mu.ra.sa.n.wa.me.t.ta.ni.wa.ra.wa.na.i。

野村小姐很少笑。

③

これは滅多に手に入らない
幻のワインです。

ko.re.wa.me.t.ta.ni.te.ni.ha.i.ra.
na.i.ma.bo.ro.shi.no.wa.i.n.de.su。

這可是很難到手的夢幻紅酒。

④

あんなにいい子は滅多にいないよ。

a.n.na.i.i.ko.wa.me.t.ta.ni.i.na.i.yo。

這樣好的女孩很難得呢！

注意！

滅多に後面常接否定字句。

まれに

ma.re.ni.

MP3 129

罕見

正式場合 日常用語

1

彼女(かのじょ)はまれに見(み)る美人(びじん)だ。

ka.no.jo.wa.ma.re.ni.mi.ru.bi.ji.n.da。

她是罕見的美女。

2

東京(とうきょう)ではまれに見(み)る大雪(おおゆき)が降(ふ)りました。

to.o.kyo.o.de.wa.ma.re.ni.mi.ru.o.o.yu.ki.ga.fu.ri.ma.shi.ta。

在東京下起了罕見的大雪。

3

まれに不良品が紛れ込むこともありますので、注意して最終チェックをしてください。

ma.re.ni.fu.ryo.o.hi.n.ga.ma.gi.re.ko.mu.ko.to.mo.a.ri.ma.su.no.de、chu.u.i.shi.te.sa.i.shu.u.che.k.ku.o.shi.te.ku.da.sa.i。

還是可能會有少量的瑕疵品混雜在其中，請仔細地作最後確認。

4

三毛猫は普通雌ですが、極まれに生まれる雄は大変珍重されます。

mi.ke.ne.ko.wa.fu.tsu.u.me.su.de.su.ga、go.ku.ma.re.ni.u.ma.re.ru.o.su.wa.ta.i.he.n.chi.n.cho.o.sa.re.ma.su。

三花貓通常為母貓，極少生為雄貓，因此非常珍貴。

5

天才でもミスを犯すことがまれにある。

te.n.sa.i.de.mo.mi.su.o.o.ka.su.ko.to.ga.ma.re.ni.a.ru。

即使是天才，偶而也是會犯錯。

時々

to.ki.do.ki.

有時、時常

正式場合 日常用語

明日の天気は晴れ時々曇りです。

a.shi.ta.no.te.n.ki.wa.ha.re.to.ki.do.ki.ku.mo.ri.de.su。

明天的天氣是晴時多雲。

2

時々休憩しながら歩き続けた。

to.ki.do.ki.kyu.u.ke.i.shi.na.ga.ra.a.ru.ki.tsu.zu.ke.ta。

不時地停下休息再繼續前進。

時々友だちが遊びに来ます。

to.ki.do.ki.to.mo.da.chi.ga.a.so.bi.ni.ki.ma.su。

有時朋友會來玩。

時々（ときどき）けんかもするが、基本的（きほんてき）にふたりは仲（なか）のいい兄弟（きょうだい）だ。

to.ki.do.ki.ke.n.ka.mo.su.ru.ga、
ki.ho.n.te.ki.ni.fu.ta.ri.wa.na.ka.no.i.i.kyo.o.da.i.da。

雖然有時會吵架，

但基本上兄弟倆的感情很好。

來對話吧！

時々実家（ときどきじっか）に帰（かえ）ってるの？

to.ki.do.ki.ji.k.ka.ni.ka.e.t.te.ru.no？

你常常回老家嗎？

そうしたいのは山々（やまやま）なんですが、忙（いそ）がしくてなかなか帰（かえ）れなくて。せいぜい年2回（ねんにかい）くらいしか帰（かえ）れませんね。

so.o.shi.ta.i.no.wa.ya.ma.ya.ma.na.n.de.su.ga、i.so.ga.shi.ku.te.na.ka.na.ka.ka.e.re.na.ku.te。se.i.ze.i.ne.n.ni.ni.ka.i.ku.ra.i.shi.ka.ka.e.re.ma.se.n.ne。

是很想回家，但因為太忙了所以最多一年回去2次。

とおきり
時折

to.ki.o.ri.

有時、偶而…

正式場合

1

ときおりがいこく　むすこ
時折外国にいる息子から
え　とど
絵はがきが届く。

to.ki.o.ri.ga.i.ko.ku.ni.i.ru.mu.su.ko.ka.ra.e.ha.ga.ki.ga.to.do.ku。

有時會收到兒子從國外寄來的明信片。

2

ときおりまち　み
あれは時折町で見かけるおじいさんだ。

a.re.wa.to.ki.o.ri.ma.chi.de.mi.ka.ke.ru.o.ji.i.sa.n.da。

偶爾會在城鎮上看到那位老伯。

3

時折連絡をもらえると
うれしいです。

to.ki.o.ri.re.n.ra.ku.o.shi.te.mo.ra.e.ru.to.
u.re.shi.i.de.su。

偶爾連絡一下挺開心的。

4

ひとり暮らしをしていると、
時折無性に人恋しくなることがある。

hi.to.ri.gu.ra.shi.o.shi.te.i.ru.to、to.ki.o.ri.mu.
sho.o.ni.hi.to.ko.i.shi.ku.na.ru.ko.to.ga.a.ru。

自己一個人住的時候偶而會沒來由的
想找個人見見面、說說話。

5

ラジオを聴いていると、今流行っている曲に混じって
時折昔のヒット曲が流れてくる。

ra.ji.o.o.ki.i.te.i.ru.to、i.ma.ha.ya.t.te.i.ru.
kyo.ku.ni.ma.ji.t.te.to.ki.o.ri.mu.ka.shi.no.
hi.t.to.kyo.ku.ga.na.ga.re.te.ku.ru。

聽著收音機播放時下流行音樂，
偶而還參雜幾首懷舊經典歌曲。

しばしば

shi.ba.shi.ba.

屢次、常常

彼(かれ)はしばしば無断欠勤(むだんけっきん)します。

ka.re.wa.shi.ba.shi.ba.mu.da.n.ke.k.ki.n.shi.ma.su。

他履次無故缺席。

年(とし)を取(と)ると夜中(よなか)に
しばしば目(め)が覚(さ)める。

to.shi.o.to.ru.to.yo.na.ka.ni.
shi.ba.shi.ba.me.ga.sa.me.ru。

上了年紀常常會在半夜醒來。

近所(きんじょ)に住(す)む姪(めい)がしばしば顔(かお)を
見(み)せに来(き)てくれます。

ki.n.jo.ni.su.mu.me.i.ga.shi.ba.shi.ba.ka.
o.o.mi.se.ni.ki.te.ku.re.ma.su。

住在附近的姪女，常常來探望我。

4

電波状況が悪いため、通話がしばしば中断された。

de.n.pa.jo.o.kyo.o.ga.wa.ru.i.ta.me、tsu.u.wa.ga.shi.ba.shi.ba.chu.u.da.n.sa.re.ta。

因為收訊不好，通話屢屢中斷。

5

パスワードはセキュリティ上しばしば変更した方がいい。

pa.su.wa.a.do.wa.se.kyu.ri.ti.jo.o.shi.ba.shi.ba.he.n.ko.o.shi.ta.ho.o.ga.i.i。

為了安全考量，宜常常變更密碼。

たびたび

ta.bi.ta.bi.

MP3 133

屢次、常常

正式場合 日常用語

日本へはたびたび出張で出かけます。

ni.ho.n.e.wa.ta.bi.ta.bi.shu.c.cho.o.de.de.ka.ke.ma.su。

屢次至日本出差。

2

隣の猫がたびたびうちにご飯を食べに来る。

to.na.ri.no.ne.ko.ga.ta.bi.ta.bi.u.chi.ni.go.ha.n.o.ta.be.ni.ku.ru。

隔壁的貓常常來我家吃飯。

3

この地域ではたびたび大きな地震が起こる。

ko.no.chi.i.ki.de.wa.ta.bi.ta.bi.o.o.ki.na.ji.shi.n.ga.o.ko.ru。

這個地區屢屢發生大地震。

4

たびたび同じ失敗をしてしまう。

ta.bi.ta.bi.o.na.ji.shi.p.pa.i.o.shi.te.shi.ma.u。

三番兩次犯了同樣的錯誤。

來對話吧！

奥様（おくさま）、先日（せんじつ）お電話（でんわ）しました美顔化粧品（びがんけしょうひん）ですが。

o.ku.sa.ma、se.n.ji.tsu.o.de.n.wa.shi.ma.shi.ta.bi.ga.n.ke.sho.o.hi.n.de.su.ga。

太太，我是前幾天打電話給您的美顏化粧品。

こうたびたびお電話（でんわ）されても困（こま）ります。今化粧品（いまけしょうひん）は間（ま）に合（あ）っています！

ko.o.ta.bi.ta.bi.o.de.n.wa.sa.re.te.mo.ko.ma.ri.ma.su。i.ma.ke.sho.o.hi.n.wa.ma.ni.a.t.te.i.ma.su。

這樣三番兩次接到電話我也很困擾，化粧品都還夠用。

よく

yo.ku.

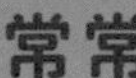

常常

正式場合 日常用語

1

ここへはよくいらっしゃるのですか？

ko.ko.e.wa.yo.ku.i.ra.s.sha.ru.no.de.su.ka?

常常來這裡嗎？

2

姉(あね)はよく家(うち)の手伝(てつだ)いをしている。

a.ne.wa.yo.ku.u.chi.no.te.tsu.da.i.o.shi.te.i.ru。

姐姐常作家事。

3

緑茶の効能でよく言われているのは、殺菌効果、抗がん効果、消臭効果です。

ryo.ku.cha.no.ko.o.no.o.de.yo.ku.i.wa.re.te.i.ru.no.wa、sa.k.ki.n.ko.o.ka、ko.o.ga.n.ko.o.ka、sho.o.shu.u.ko.o.ka.de.su。

關於綠茶的功效，常被提到的是殺菌、抗癌、除臭。

4

最近よく耳にする曲。

sa.i.ki.n.yo.ku.mi.mi.ni.su.ru.kyo.ku。

是最近常聽到的歌曲。

しょっちゅう

sho.c.chu.u.

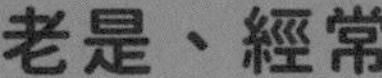

老是、經常

1

最近(さいきん)いたずら電話(でんわ)がしょっちゅう掛(か)かってくる。

sa.i.ki.n.i.ta.zu.ra.de.n.wa.ga.sho.c.chu.u.ka.ka.t.te.ku.ru。

最近老是接到惡作劇電話。

2

どこでもしょっちゅうおならをする夫(おっと)に困(こま)っています。

do.ko.de.mo.sho.c.chu.u.o.na.ra.o.su.ru. o.t.to.ni.ko.ma.t.te.i.ma.su。

我對老是四處放屁的老公很頭痛。

3

畑(はたけ)の野菜(やさい)が猪(いのしし)や猿(さる)にしょっちゅう荒(あ)らされる。

ha.ta.ke.no.ya.sa.i.ga.i.no.shi.shi.ya.sa.ru.ni.sho.c.chu.u.a.ra.sa.re.ru。

田裡的青菜總是被野豬和猴子洗劫一空。

④

テレビがしょっちゅう映(うつ)らなくなる。

te.re.bi.ga.sho.c.chu.u.u.tsu.ra.na.ku.na.ru。

電視經常不能看。

來對話吧！

バイト先(さき)でしょっちゅう失敗(しっぱい)ばかりして凹(へこ)んでるんだ。

ba.i.to.sa.ki.de.sho.c.chu.u.shi.p.pa.i.ba.ka.ri.shi.te.he.ko.n.de.ru.n.da。

打工時老是出錯，真悶。

気(き)にしない気(き)にしない。だんだんうまくいくようになるよ。

ki.ni.shi.na.i.ki.ni.shi.na.i。da.n.da.n.u.ma.ku.i.ku.yo.o.ni.na.ru.yo。

別在意別在意！會漸漸熟練的。

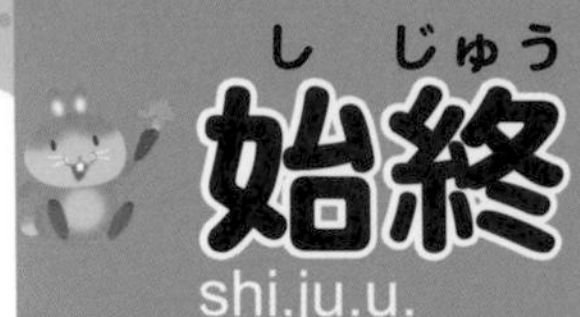

しじゅう

始終

shi.ju.u.

MP3 136

始終、老是…

正式場合　日常用語

1

彼は始終本を読んでいる。

ka.re.wa.shi.ju.u.ho.n.o.yo.n.de.i.ru。

他始終都看著書。

2

ひとり暮らしの祖母は始終テレビばかり見ている。

hi.to.ri.gu.ra.shi.no.so.bo.wa.shi.ju.u.te.re.bi.ba.ka.ri.mi.te.i.ru。

獨居的祖母老是愛看電視。

3

パートのおばさんたちは始終おしゃべりばかりして一向に作業が進まない。

pa.a.to.no.o.ba.sa.n.ta.chi.wa.shi.ju.u.o.sha.be.ri.ba.ka.ri.shi.te.i.k.ko.o.ni.sa.gyo.o.ga.su.su.ma.na.i。

打工的阿姨從頭到尾都在聊天完全不工作。

始終(しじゅう)シャッターが閉(し)まっている店(みせ)ばかりの商店街(しょうてんがい)は『シャッター通(どお)り』と呼(よ)ばれる。

shi.ju.u.sha.t.ta.a.ga.shi.ma.t.te.i.ru.mi.se.ba.ka.ri.no.sho.o.te.n.ga.i.wa.『sha.t.ta.a.do.o.ri』to.yo.ba.re.ru。

店家鐵捲門始終都是關著的那條商店街，

稱為「鐵捲門大道」。

5 **あちこち動(うご)き回(まわ)る子(こ)どもからは始終(しじゅう)目(め)が離(はな)せない。**

a.chi.ko.chi.u.go.ki.ma.wa.ru.ko.do.mo.ka.ra.wa.shi.ju.u.me.ga.ha.na.se.na.i。

我的視線始終無法從到處亂跑的孩子身上移開。

頻率篇

・まれに：很少　・滅多(めった)に：很少　・時々(ときどき)：有時

・たびたび：時常　・しょっちゅう：經常

透過一對朋友認識的過程，從剛認識到彼此漸漸熟悉，互相連絡的頻率由低到高的變化過程，藉此了解頻率副詞的用法。

① まれに
ma.re.ni
很少

彼女(かのじょ)は近頃(ちかごろ)まれに見(み)る純情(じゅんじょう)な女性(じょせい)だな。

ka.no.jo.wa.chi.ka.go.ro.ma.re.ni.mi.ru.ju.n.jo.o.na.jo.se.i.da.na。

近來像她這樣單純的女孩真是少見。

② 滅多(めった)に
me.t.ta.ni
很少

あんなすてきな人(ひと)、滅多(めった)にいないわ。

a.n.na.su.te.ki.na.hi.to、me.t.ta.ni.i.na.i.wa。

那麼優秀的人很少見呢！

少

まれに 很少　滅多に 很少

③ 時々
to.ki.do.ki
有時

時々彼らは言葉を交わすようになった。

to.ki.do.ki.ka.re.ra.wa.ko.to.ba.o.ka.wa.su.yo.o.ni.na.t.ta。

他們變得有時會交談了。

④ たびたび
ta.bi.ta.bi
時常

そのうちふたりはたびたびメール交換するようになった。

so.no.u.chi.fu.ta.ri.wa.ta.bi.ta.bi.me.e.ru.ko.o.ka.n.su.ru.yo.o.ni.na.t.ta。

不久兩人就變得時常互傳簡訊了。

⑤ しょっちゅう
sho.c.chu.u
經常

最近ではしょっちゅうふたりが一緒に歩いているのを見かける。

sa.i.ki.n.de.wa.sho.c.chu.u.fu.ta.ri.ga.i.s.sho.ni.a.ru.i.te.i.ru.no.o.mi.ka.ke.ru。

最近看到兩個人老是走在一起。

普通　多

々 有時　たびたび 時常　しょっちゅう 經常

次々に

tsu.gi.tsu.gi.ni.

陸陸續續地…

①

次々に料理が運ばれてきた。

tsu.gi.tsu.gi.ni.ryo.o.ri.ga.ha.ko.ba.re.te.ki.ta。

菜陸陸續續地端出來了。

②

エジソンは次々に新しい発明をした。

e.ji.so.n.wa.tsu.gi.tsu.gi.ni.a.ta.ra.shi.i.ha.tsu.me.i.o.shi.ta。

愛迪生陸陸續續地創造了許多新發明。

3

ハローワークには次々に就職希望者が訪れています。

ha.ro.o.wa.a.ku.ni.wa.tsu.gi.tsu.gi.ni.shu.u.sho.ku.ki.bo.o.sha.ga.o.to.zu.re.te.i.ma.su。

求職者一個接一個的

到就職輔導中心諮詢。

4

次々に新しいマンションが建設されている。

tsu.gi.tsu.gi.ni.a.ta.ra.shi.i.ma.n.sho.n.ga.ke.n.se.tsu.sa.re.te.i.ru。

陸陸續續地建了很多高級公寓。

注意!

使用「次から次へと」時有強調陸陸續續不間斷的印象。

- 主人公は次から次へと困難に見舞われる。
  shu.ji.n.ko.o.wa.tsu.gi.ka.ra.tsu.gi.e.to.ko.n.na.n.ni.mi.ma.wa.re.ru。
  主角遭遇到一個接一個的困難。
- 彼女は次から次へと新しい服を買う。
  ka.no.jo.wa.tsu.gi.ka.ra.tsu.gi.e.to.a.ta.ra.shi.i.fu.ku.o.ka.u。
  她新衣服一件接一件的買。

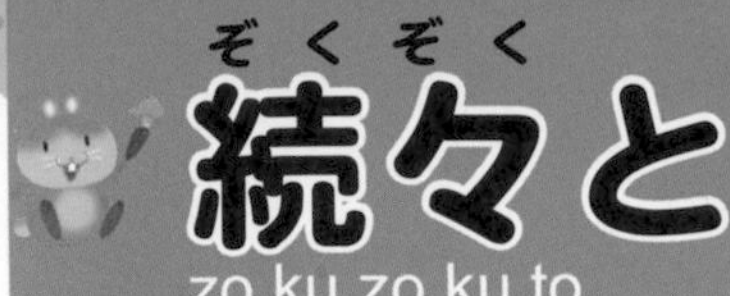

続々と（ぞくぞく）

zo.ku.zo.ku.to.

MP3 138

陸陸續續地、紛紛、不斷地…

正式場合

1

選手（せんしゅ）たちが今続々（いまぞくぞく）と
ゴールインしています。

se.n.shu.ta.chi.ga.i.ma.
zo.ku.zo.ku.to.go.o.ru.i.n.shi.te.i.ma.su。

選手們現在陸續地到達終點。

2

市民（しみん）の意見（いけん）が続々（ぞくぞく）と寄（よ）せられている。

shi.mi.n.no.i.ke.n.ga.zo.ku.zo.ku.to.yo.se.ra.re.te.i.ru。

不斷地收到市民的意見。

3

被災地（ひさいち）にはボランティアたちが
続々（ぞくぞく）と集（あつ）まっています。

hi.sa.i.chi.ni.wa.bo.ra.n.ti.a.ta.chi.ga.
zo.ku.zo.ku.to.a.tsu.ma.t.te.i.ma.su。

志工們陸續地前往災區。

4

無料(むりょう)オンラインゲーム続々(ぞくぞく)と登場(とうじょう)！

mu.ryo.o.o.n.ra.i.n.ge.e.mu、zo.ku.zo.ku.to.to.o.jo.o。

不斷地推出免費的線上遊戲。

5

各(かく)メーカーが続々(ぞくぞく)と値下(ねさ)げに踏(ふ)み切(き)っています。

ka.ku.me.e.ka.a.ga.zo.ku.zo.ku.to.ne.
sa.ge.ni.fu.mi.ki.t.te.i.ma.su。

各大製造商紛紛決定降價。

立て続けに

ta.te.tsu.zu.ke.ni.

連續地、陸續地

正式場合 日常用語

昨夜はビールを
立て続けに5杯も飲んだ。

sa.ku.ya.wa.bi.i.ru.o.ta.te.tsu.zu.ke.ni.go.ha.i.mo.no.n.da。

昨天晚上連續地喝了5杯啤酒。

彼女はデビュー後立て続けに
３枚のシングルを発表した。

ka.no.jo.wa.de.byu.u.go.ta.te.tsu.zu.ke.ni.sa.n.ma.i.no.shi.n.gu.ru.o.ha.p.pyo.o.shi.ta。

她出道後，陸續地發行了3張單曲。

最近友だちが立て続けに
結婚したので焦っている。

sa.i.ki.n.to.mo.da.chi.ga.ta.te.tsu.zu.ke.ni.ke.k.ko.n.shi.ta.no.de.a.se.t.te.i.ru。

朋友們陸續地在最近結婚所以我很著急。

4

昨夜目黒区で立て続けに
4件の不審火が発生しました。

sa.ku.ya.me.gu.ro.ku.de.ta.te.tsu.zu.ke.ni.
yo.n.ke.n.no.fu.shi.n.bi.ga.ha.s.se.i.shi.ma.shi.ta。

昨天晚上目黑區
連續發生了4起可疑的火災。

來對話吧！

あなたがどこかにお祓いに行きたいだなんて、めずらしいね。

a.na.ta.ga.do.ko.ka.ni.o.ha.ra.i.ni.i.ki.ta.i.da.na.n.te、me.zu.ra.shi.i.ne。

妳竟然會想參加消災解厄的儀式，真是難得呢！

最近あまりに立て続けに災難が降りかかってくるから、気味が悪くて。

sa.i.ki.n.a.ma.ri.ni.ta.te.tsu.zu.ke.ni.sa.i.na.n.ga.fu.ri.ka.ka.t.te.ku.ru.
ka.ra、ki.mi.ga.wa.ru.ku.te。

最近連續發生太多不順利的事，心情不太好。

相次いで

a.i.tsu.i.de.

MP3 140

相繼…

正式場合

1

彼女は幼い頃相次いで両親を亡くしました。

ka.no.jo.wa.o.sa.na.i.ko.ro.a.i.tsu.i.de.
ryo.o.shi.n.o.na.ku.shi.ma.shi.ta。

她小時候父母就相繼去世了。

2

日本でも「冬のソナタ」の大ヒット以後韓流ドラマが相次いで放送されるようになった

ni.ho.n.de.mo.『fu.yu.no.so.na.ta』no.da.i.hi.t.to.i.go.ha.n.ryu.u.do.ra.ma.ga.a.i.tsu.i.de.ho.o.so.o.sa.re.ru.yo.o.ni.na.t.ta。

日本從「冬季戀歌」大紅之後，韓劇也相繼開始播放。

3

ヒット作品を相次いで
発表している漫画家。

hi.t.to.sa.ku.hi.n.o.a.i.tsu.i.de.ha.p.pyo.
o.shi.te.i.ru.ma.n.ga.ka。

陸續推出熱門作品的漫畫家。

銀座や青山では
有名ブランドの旗艦店が
相次いでオープンしている。

gi.n.za.ya.a.o.ya.ma.de.wa.
yu.u.me.i.bu.ra.n.do.no.ki.ka.n.te.n.ga.
a.i.tsu.i.de.o.o. pu.n.shi.te.i.ru。

銀座和青山陸續地開了一些名牌旗艦店。

新型のウイルスが相次いで
発見されている。

shi.n.ga.ta.no.u.i.ru.su.ga.a.i.tsu.i.de.ha.k.
ke.n.sa.re.te.i.ru。

目前陸續地發現了一些新型病毒。

ひっきりなしに

hi.k.ki.ri.na.shi.ni.

MP3 141

不停地…

①

朝(あさ)からひっきりなしに電話(でんわ)が掛(か)かってくる。

a.sa.ka.ra.hi.k.ki.ri.na.shi.ni.de.n.wa.ga.ka.ka.t.te.ku.ru。

從早上開始電話就不停地打進來。

②

窓(まど)の外(そと)をひっきりなしにトラックが通(とお)る。

ma.do.no.so.to.o.hi.k.ki.ri.na.shi.ni.to.ra.k.ku.ga.to.o.ru。

窗外不斷地有卡車通過。

③

春(はる)になると花粉症(かふんしょう)でひっきりなしにくしゃみが出(で)る。

ha.ru.ni.na.ru.to.ka.fu.n.sho.o.de.hi.k.ki.ri.na.shi.ni.ku.sha.mi.ga.de.ru。

一到春天，就因為花粉症，噴嚏打個不停。

4

観光客がひっきりなしにカメラのシャッターを押していた。

ka.n.ko.o.kya.ku.ga.hi.k.ki.ri.na.shi.ni.
ka.me.ra.no.sha.t.ta.a.o.o.shi.te.i.ta。

觀光客們不停地按相機的快門。

5

ひっきりなしに買い物客が
訪れる人気のおにぎり屋。

hi.k.ki.ri.na.shi.ni.ka.i.mo.no.kya.ku.ga.
o.to.zu.re.ru.ni.n.ki.no.o.ni.gi.ri.ya。

客人絡繹不絕的人氣飯糰店。

しきりに

shi.ki.ri.ni.

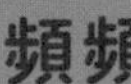

頻頻

正式場合 日常用語

1

どうしたの？さっきからしきりに時間を気にして。

do.o.shi.ta.no？sa.k.ki.ka.ra.shi.ki.ri.ni.ji.ka.n.o.ki.ni.shi.te。

怎麼了？從剛才就頻頻地注意時間。

2

この頃地球温暖化がしきりに叫ばれています。

ko.no.go.ro.chi.kyu.u.o.n.da.n.ka.ga.shi.ki.ri.ni.sa.ke.ba.re.te.i.ma.su。

最近關於地球暖化的課題呼聲頻頻。

3

犬がしきりに吠えている。

i.nu.ga.shi.ki.ri.ni.ho.e.te.i.ru。

小狗吠聲連連。

4

最近両親がしきりにお見合いを勧めるのでうっとうしい。

sa.i.ki.n.ryo.o.shi.n.ga.shi.ki.ri.ni.o.mi.a.i.o.su.su.me.ru.no.de.u.t.to.o.shi.i。

最近頻頻地被父母勸說相親，覺得好煩。

來對話吧！

あの人、さっきからしきりにこっちを見てるよ。
a.no.hi.to、sa.k.ki.ka.ra.shi.ki.ri.ni.ko.c.chi.o.mi.te.ru.yo。
那個人從剛才就頻頻地往這裡看耶！

やあねえ、きっと私に気があるのよ。
ya.a.ne.e、ki.t.to.wa.ta.shi.ni.ki.ga.a.ru.no.yo。
真是的，一定是對我有意思。

再三

さいさん

sa.i.sa.n.

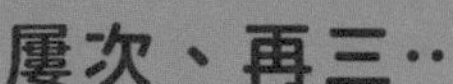

屢次、再三…

1

あの人（ひと）たちに再三注意（さいさんちゅうい）しても一向（いっこう）に無駄話（むだばなし）をやめない。

a.no.hi.to.ta.chi.ni.sa.i.sa.n.chu.u.i.shi.te.mo.i.k.ko.o.ni.mu.da.ba.na.shi.o.ya.me.na.i。

那些人即使屢次被警告提醒依然毫不節制的閒聊著。

2

再三（さいさん）批判（ひはん）を浴（あ）びている高齢者医療制度（こうれいしゃいりょうせいど）。

sa.i.sa.n.hi.ha.n.o.a.bi.te.i.ru.ko.o.re.i.sha.i.ryo.o.se.i.do。

老人醫療制度屢次遭受批評。

3

再三(さいさん)忠告(ちゅうこく)しても、
彼(かれ)は自分(じぶん)のやり方(かた)を
変(か)えなかった。

sa.i.sa.n.chu.u.ko.ku.shi.te.mo、
ka.re.wa. ji.bu.n.no.ya.ri.ka.ta.o.
ka.e.na.ka.t.ta。

就算再三地給予忠告，
他還是不改自己的作風。

4

こんなことをしてはだめだと
再三(さいさん)言(い)っているでしょう！

ko.n.na.ko.to.o.shi.te.wa.da.me.da.to.
sa.i.sa.n.i.t.te.i.ru.de.sho.o！

不是已經再三說過不能做這種事了！

注意！

再三(さいさん)有「不管～幾次」的意思，只用在有否定意味的文句裡。

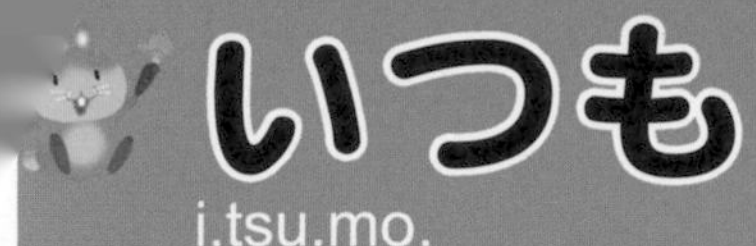

いつも

i.tsu.mo.

一直以來、總是…

1

いつもお世話(せわ)になっています。

i.tsu.mo.o.se.wa.ni.na.t.te.i.ma.su。

一直以來承蒙您的關照了。

2

おかあさんはいつも子(こ)どもたちのしあわせを願(ねが)っています。

o.ka.a.sa.n.wa.i.tsu.mo.ko.do.mo.ta.chi.no.shi.a.wa.se.o.ne.ga.t.te.i.ma.su。

母親總是希望孩子們幸福。

3

いつも私(わたし)たちのことを見守(みまも)ってくれてありがとう。

i.tsu.mo.wa.ta.shi.ta.chi.no.ko.to.o.mi.ma.mo.t.te.ku.re.te.a.ri.ga.to.o。

謝謝您總是守護著我們。

4

ここはいつも活気がありますね。

ko.ko.wa.i.tsu.mo.ka.k.ki.ga.a.ri.ma.su.ne。

這裡總是充滿朝氣。

來對話吧！

ぼくはこの店ではいつもオムライスを注文することにしているんだ。

bo.ku.wa.ko.no.mi.se.de.wa.i.tsu.mo.o.mu.ra.i.su.o.chu.u.mo.n.su.ru.ko.to.ni.shi.te.ru.n.da。

我來這家店總是點蛋包飯。

じゃあ私も同じ物にする！

ja.a.wa.ta.shi.mo.o.na.ji.mo.no.ni.su.ru！

那我也點一樣的！

常に

tsu.ne.ni.

經常、隨時

1

たてものない　つね　にゅうかんしょう　み　つ

建物内では常に入館証を身に付けてください。

ta.te.mo.no.na.i.de.wa.tsu.ne.ni.nyu.u.ka.n.sho.o.o.mi.ni.tsu.ke.te.ku.da.sa.i。

在館內請隨時攜帶通行證。

2

ちち　つね　あんぜんうんてん　こころ

父は常に安全運転を心がけています。

chi.chi.wa.tsu.ne.ni.a.n.ze.n.u.n.te.n.o.ko.ko.ro.ga.ke.te.i.ma.su。

爸爸總是提醒自己要注意交通規則安全駕駛。

3

常(つね)に監視(かんし)されているようで、息(いき)が詰(つ)まる。

tsu.ne.ni.ka.n.shi.sa.re.te.i.ru.yo.o.de、i.ki.ga.tsu.ma.ru。

好像隨時被監視著，令人喘不過氣。

4

館内(かんない)は常(つね)に一定(いってい)の温度(おんど)に保(たも)たれています。

ka.n.na.i.wa.tsu.ne.ni.i.t.te.i.no.o.n.do.ni.ta.mo.ta.re.te.i.ma.su。

館內隨時保持定溫。

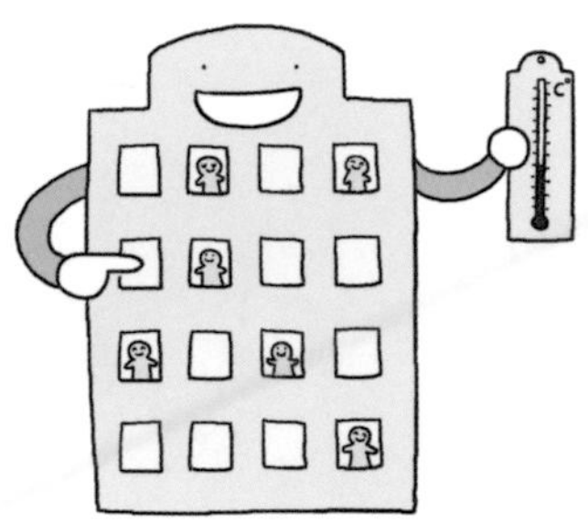

5

飛行中(ひこうちゅう)は常(つね)にシートベルトを着用(ちゃくよう)してください。

hi.ko.o.chu.u.wa.tsu.ne.ni.shi.i.to.be.ru.to.o.cha.ku.yo.o.shi.te.ku.da.sa.i。

飛行中請隨時繫好安全帶。

常々

tsu.ne.zu.ne.

時常、經常

常々疑問に思うのは、日本人はなぜ電車の中でよく寝ているかということです。

tsu.ne.zu.ne.gi.mo.n.ni.o.mo.u.no.wa、ni.ho.n.ji.n.wa.na.ze.de.n.sha.no.na.ka.de.yo.ku.ne.te.i.ru.ka.to.i.u.ko.to.de.su。

對於日本人喜歡在電車上睡覺這件事
我常常感到疑惑。

2

彼女の働きぶりには常々感心しています。

ka.no.jo.no.ha.ta.ra.ki.bu.ri.ni.wa.tsu.ne.zu.ne.ka.n.shi.n.shi.te.i.ma.su。

我常被她的工作態度所感動。

3

家(いえ)の間取(まど)りを
常々(つねづね)不便(ふべん)に感(かん)じている。

i.e.no.ma.do.ri.o.tsu.ne.zu.ne.fu.
be.n.ni.ka.n.ji.te.i.ru。

我經常覺得家裡的空間規劃得相當不方便。

4

みなさんが普段(ふだん)の生活(せいかつ)の中(なか)で
常々(つねづね)考(かんが)えていることを
作文(さくぶん)にしてください。

mi.na.sa.n.ga.fu.da.n.no.se.i.ka.tsu.no.na.
ka.de.tsu.ne.zu.ne.ka.n.ga.e.te.i.ru.ko.to.
o.sa.ku.bu.n.ni.shi.te.ku.da.sa.i。

請大家把生活中經常思考的事情寫成作文。

5

私(わたし)は親(おや)から常々(つねづね) 行儀作法(ぎょうぎさほう)を
うるさく言(い)われて育(そだ)ちました。

wa.ta.shi.wa.o.ya.ka.ra.tsu.ne.zu.
ne.gyo.o.gi.sa. ho.o.o.u.ru.sa.ku.i.wa.
re.te.so.da.chi.ma.shi.ta。

我在父母經常教導禮儀規矩的環境中長大。

絶(た)えず

ta.e.zu

常、不斷地…

1

飼育員(しいくいん)は24時間(にじゅうよじかん)絶(た)えずパンダの赤(あか)ちゃんを見守(みまも)った。

shi.i.ku.i.n.wa.ni.ju.u.yo.ji.ka.n.ta.e.zu.pa.n.da.no.a.ka.cha.n.o.mi.ma.mo.t.ta。

飼育人員24小時全天候不斷地照顧熊貓寶寶。

2

今私(いまわたし)は絶(た)えず観光客(かんこうきゃく)で賑(にぎ)わっている浅草寺(せんそうじ)に来(き)ています。

i.ma.wa.ta.shi.wa.ta.e.zu.ka.n.ko.o.kya.ku.de.ni.gi.wa.t.te.i.ru.se.n.so.o.ji.ni.ki.te.i.ma.su。

我現在來到了觀光客絡繹不絕的淺草寺。

3

森の中を歩いていると
絶えず鳥の声が聞こえてくる。

mo.ri.no.na.ka.o.a.ru.i.te.i.ru.to.ta.e.zu.to.ri.no.ko.e.ga.ki.ko.e.te.ku.ru。

走在森林中可以不斷地聽到鳥鳴。

4

絶えずヒット商品を
生み出している会社。

ta.e.zu.hi.t.to.sho.o.hi.n.o.u.mi.da.shi.te.i.ru.ka.i.sha。

不斷推出熱門商品的公司。

5

お客様には絶えず笑顔で接しましょう。

o.kya.ku.sa.ma.ni.wa.ta.e.zu.e.ga.o.de.se.s.shi.ma.sho.o。

面對客人時要不斷地保持笑容喔！

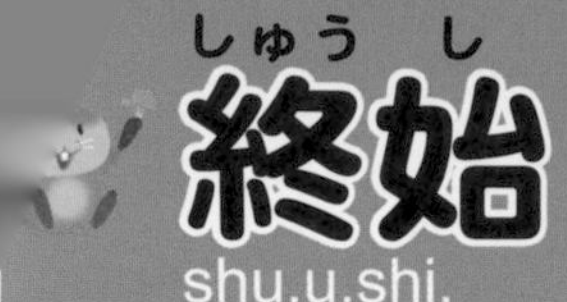

終始

shu.u.shi.

148

始終…

正式場合

①

決勝戦は終始シャラポワ選手のリードで展開した。

ke.s.sho.o.se.n.wa.shu.u.shi.sha.ra.po.wa.se.n.shu.no.ri.i.do.de.te.n.ka.i.shi.ta。

決賽自始至終都在莎拉波娃的領先中進行。

②

負けた選手は終始無言だった。

ma.ke.ta.se.n.shu.wa.shu.u.shi.mu.go.n.da.t.ta。

落敗的選手始終都保持沉默無言以對。

3

被告人(ひこくにん)は終始一貫(しゅうしいっかん)して無罪(むざい)を主張(しゅちょう)した。

hi.ko.ku.ni.n.wa.shu.u.shi.i.k.ka.n.shi.te.mu.za.i.o.shu.cho.o.shi.ta。

被告始終都堅稱自己並沒有犯罪。

4

会談(かいだん)は終始(しゅうし)和(なご)やかなムードでおこなわれた。

ka.i.da.n.wa.shu.u.shi.na.go.ya.ka.na.mu.u.do.de.o.ko.na.wa.re.ta。

會談始終在和諧的氣氛下進行。

注意!

終始(しゅうし)是「從開始到結束」的意思。**「終始一貫(しゅうしいっかん)して」**被當作慣用句來使用。

延々と
えんえんと

e.n.e.n.to.

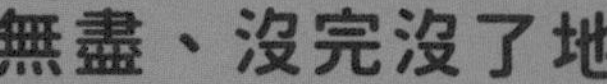
無盡、沒完沒了地

正式場合

日常用語

これを買(か)うのに延々(えんえん)と
2時間(にじかん)も並(なら)んだんだよ！

ko.re.o.ka.u.no.ni.e.n.e.n.to.to.ni.ji.ka.n.mo.na.ra.n.da.n.da.yo！

為了買這個，可是持續排了
2個小時的隊呢！

科学者(かがくしゃ)は自分(じぶん)の
発明(はつめい)について延々(えんえん)と語(かた)った。

ka.ga.ku.sha.wa.ji.bu.n.no.ha.tsu.me.i.ni.tsu.i.te.e.n.e.n.to.ka.ta.t.ta。

科學家沒完沒了地
說著自己的發明。

久(ひさ)しぶりに集(あつ)まった友(とも)だちと
延々(えんえん)と夜更(よふ)けまで語(かた)り明(あ)かした。

hi.sa.shi.bu.ri.ni.a.tsu.ma.t.ta.to.mo.da. chi.to.e.n.e.n.to.yo.fu.ke.ma.de.ka.ta.ri.a.ka.shi.ta。

和好久不見的朋友聚在一起
沒完沒了地熬夜聊天到天亮。

4

延々（えんえん）と続（つづ）く坂道（さかみち）。

e.n.e.n.to.tsu.zu.ku.sa.ka.mi.chi。

無盡綿延的上坡。

來對話吧！

どうして道（みち）に迷（まよ）ったんだろう。

do.o.shi.te.mi.chi.ni.ma.yo.t.ta.n.da.ro.o。

怎麼會迷路呢？

道（みち）を聞（き）いた人（ひと）がまちがっていたのかも。

mi.chi.o.ki.i.ta.hi.to.ga.ma.chi.ga.t.te.i.ta.no.ka.mo。

可能指路的人弄錯了。

ここで延々（えんえん）と議論（ぎろん）をしていても始（はじ）まらないよ。とにかく元（もと）の場所（ばしょ）に戻（もど）ろう！

ko.ko.de.e.n.e.n.to.gi.ro.n.o.shi.te.i.te.mo.ha.ji.ma.ra.na.i.yo。to.ni.ka.ku.mo.to.no.ba.sho.ni.mo.do.ro.o！

在這裡沒完沒了的討論也於事無補。總之先回到原來的地方吧！

引き続き

hi.ki.tsu.zu.ki.

延續著、持續著…

1

昨日に引き続き
今日も絶好の行楽日和です。

ki.no.o.ni.hi.ki.tsu.zu.ki.kyo.o.mo.
ze.k.ko.o.no.ko.o.ra.ku.bi.yo.ri.de.su。

延續昨天的晴朗，

今天也是適合出遊的好天氣。

2

A社の業績は引き続き好調だ。

e.e.sha.no.gyo.o.se.ki.wa.hi.ki.tsu.zu.ki.
ko.o.cho.o.da。

A公司的業績持續看好。

3

今後とも引き続き
よろしくお願いいたします。

ko.n.go.to.mo.hi.ki.tsu.zu.ki.yo.ro.shi.ku.o.ne.ga.i.i.ta.shi.ma.su。

今後也請您繼續多加關照。

4

先週に引き続き、
今週も私浜田帆乃佳が旬の
東京情報をお伝えします。

se.n.shu.u.ni.hi.ki.tsu.zu.ki、ko.n.shu.u.mo.wa.ta.ku.shi.ha.ma.da.ho.no.ka.ga.shu.n.no.to.o.kyo.o.jo.o.ho.o.o.o.tsu.ta.e.shi.ma.su。

延續著上週，本週也由我濱田帆乃佳來向各位介紹東京情報。

5

引き続き時代劇専門チャンネルを
お楽しみください。

hi.ki.tsu.zu.ki.ji.da.i.ge.ki.se.n.mo.n.cha.n.ne.ru.o.o.ta.no.shi.mi.ku.da.sa.i。

接下來為大家播放的是
時代劇的特別節目。

索 引

、圖書館出版品預行編目(CIP)資料

日本人的哈啦妙招!副詞輕鬆學 我的日語超厲害! /
山本峰規子著. -- 三版. -- 臺北市 : 笛藤出版,
2024.05-
冊 ; 公分
ISBN 978-957-710-918-7(上冊 : 平裝)

1.CST: 日語 2.CST: 副詞

803.166 113004713

全新修訂版

日本人的哈啦妙招!上 副詞輕鬆學 我的日語超厲害!

附 QR Code 線上音檔

2024年5月27日 三版1刷 定價380元

作者	山本峰規子
插畫	山本峰規子
編輯	洪儀庭・徐一巧・葉雯婷
美術設計	亞樂設計・王舒玗
總編輯	洪季楨
編輯企畫	笛藤出版
發行人	林建仲
發行所	八方出版股份有限公司
地址	台北市中山區長安東路二段171號3樓3室
電話	(02) 2777-3682
傳真	(02) 2777-3672
總經銷	聯合發行股份有限公司
地址	新北市新店區寶橋路235巷6弄6號2樓
電話	(02)2917-8022・(02)2917-8042
製版廠	造極彩色印刷製版股份有限公司
地址	新北市中和區中山路2段340巷36號
電話	(02)2240-0333・(02)2248-3904
印刷廠	皇甫彩藝印刷股份有限公司
地址	新北市中和區中正路988巷10號
電話	(02) 3234-5871
郵撥帳戶	八方出版股份有限公司
郵撥帳號	19809050